钟桂松

浙江桐乡人。曾任浙江电视台台长、浙江省新闻出版局党组书记、局长，浙江省省委巡视组组长，浙江省十一届政协常委、省政协文化卫生体育委员会主任，中国茅盾研究会副会长等。现为中国作家协会会员，高级编辑。业余时间长期致力于现代文学研究，已出版《茅盾传》、《茅盾评传》、《沈泽民传》以及丰子恺、钱君匋、陈学昭、徐肖冰等研究著作30余部。主编《茅盾全集》、《茅盾文集》等。

湖畔丛书

茅盾 却忆清凉山下路

钟桂松 著

黄山书社

图书在版编目（CIP）数据

茅盾：却忆清凉山下路 / 钟桂松著 . -- 合肥：黄山书社，2017.12
ISBN 978-7-5461-7133-3

Ⅰ . ①茅… Ⅱ . ①钟… Ⅲ . ①传记文学 – 中国 – 当代
Ⅳ . ① I25

中国版本图书馆 CIP 数据核字（2018）第 000647 号

茅盾：却忆清凉山下路 钟桂松 著

MAODUN : QUE YI QINGLIANG SHANXIALU

出 品 人 王晓光
责任编辑 高 杨
装帧设计 观止堂_刘俊 朱璇
出版发行 时代出版传媒股份有限公司（http://www.press-mart.com）
黄山书社（http://www.hspress.cn）
地址邮编 安徽省合肥市蜀山区翡翠路 1118 号出版传媒广场 7 层 230071
印 刷 安徽新华印刷股份有限公司
版 次 2018 年 1 月第 1 版
印 次 2018 年 1 月第 1 次印刷
开 本 787mm × 1092mm 1/32
字 数 130 千
印 张 8.75
书 号 ISBN 978-7-5461-7133-3
定 价 38.00 元

服务热线 0551-63533706
销售热线 0551-63533761
官方直营书店（http://hsssbook.taobao.com）

序

2016年，对一代文学巨匠茅盾来说，是一个很有纪念意义的年份。

茅盾1896年诞生在浙江乌镇，2016年正好是他诞辰120周年；而1916年茅盾进商务印书馆至今，也正好100周年。进商务印书馆是茅盾一生中的一个重要的人生抉择，是茅盾文学巨匠成长路上一个必要的人生历练，如果当年茅盾进入银行，很可能成为腰缠万贯的富翁，但中国文坛肯定少了一位新文学健将、现代文学巨匠！所以，进商务印书馆对茅盾一生的影响是一个值得研究的课题。

2016年又是茅盾逝世35周年，35年来，世界和中国的形势发生了巨大的变化，茅盾研究工作也变化巨大。35年来，茅盾研究的著作已经出版一百多部，纪念和研究茅盾的文章数以千计，茅盾研究的曲线从轰轰烈烈到扎扎实实，从声势浩大渐趋沉稳。人民文学出版社和黄山书社先后出版《茅盾全集》，皇皇四十多卷的鸿篇巨制，这不能不让人感慨万端。此外，十卷本的《茅盾译文全集》、十卷本的《茅盾文集》、六十册的“茅盾研究八十年书系”出版，都是在这35年间的收获和成果。我们感慨时间飞逝的同时，也收获了茅盾研究的丰硕成果。

所以，2016年有关茅盾的三个时间节点，都有纪念和怀念的意义。

本书是作者近年来茅盾研究最新成果的结集，取名《茅盾：却忆清凉山下路》。因为这部茅盾研究作品集里面的内容，涉及茅盾人生道路的起起伏伏，也涉及茅盾一生交往的方方面面，如新中国成立后与巴金的交往，以及茅盾提携茹志鹃等等，都是值得叙述的。还有茅盾在延安、在桂林、在日本，都是有故事有内容有收获的地方，同样值得叙述和研究。另外，茅盾的家世研究以及一些鲜为人知的公案，鲜为人知的人和事，在此集中展示和介绍，让人们在阅读茅盾作品时，能够增长知识和拓宽视野。所以从某种意义上说，这部书是一部与阅读有关的书，是一部有关阅读茅盾的书。其实，这也是一种读书的方法，专门阅读一位或者几位大师的作品，立体地深度地了解文学大师的智慧和贡献，定会收获良多。所以，我愿意将最近的研究成果和阅读茅盾作品的心得体会结集出版，贡献给读书界的朋友，也纪念茅盾这位世界级的文学大师。

按照惯例，写点想法和看法，是为序。

2016 年 6 月 9 日端午节清晨

目录

第一辑

第二辑

第三辑

第四辑

第一辑

茅盾在延安

茅盾1940年在延安那一段时间，是他艰难曲折的一生中最为愉悦而令人忆念的一段生活，因而他的延安之行，成为他漫长人生道路上闪光的一页。

逃出魔掌，奔向延安

1939年至1940年春，茅盾在新疆。那是一段令人不堪回首、毛骨悚然的岁月。新疆军阀盛世才那阴鸷的目光，把整个新疆拉回中世纪式的黑暗中。对茅盾，盛世才只是慑于他在国内外的崇高威望，又抓不到步步小心的茅盾的把柄，所以一时没有贸然动手。但作为贵宾、朋友邀请去新疆工作的杜重远先生，却被盛世才以莫须有的罪名软禁了，一些共产党人失踪的失踪，被捕的被捕；连怀着满腔革命热情来新疆的赵丹等艺术家，盛世才也不放过，后来由忌恨发展到逮捕、投入冤狱。整个新疆都笼罩在一片白色恐怖之中。在这样的环境里，茅盾感到度日如年。

1940 年 4 月 20 日上午，茅盾突然收到上海二叔沈仲襄的电报："嫂子（茅盾母亲陈爱珠）于 4 月 17 日在乌镇逝世。"这犹如晴天霹雳，使茅盾夫妇悲痛不已。茅盾决定借返乡奔丧为由，向盛世才告假。经过周密安排和准备，茅盾夫妇及子女和同去新疆的张仲实一起，终于在 1940 年 5 月 5 日逃出了盛世才的魔掌！

茅盾一家和张仲实等经兰州取道西安，向周恩来汇报新疆情况后，就随朱德总司令的车队直奔延安。奔向那令人向往的革命圣地！

5 月 26 日下午 2 时，阳光灿烂。茅盾他们到达延安南郊七里铺时，夫人孔德沚兴奋得孩子似的朝小车旁边的人群奔去，并惊喜地喊："闻天，闻天！"茅盾也欣喜地看到那个穿灰军装、戴眼镜的高个子张闻天！他也奔过去，和张闻天紧紧握手……此时茅盾来到万里晴空的延安，一股温暖在胸间漾起。他，回到家了！

毛主席说："鲁艺需要一面旗帜，你去当这面旗帜吧。"

茅盾一家在交际处安顿好后，便去出席晚上举行的欢迎大会。会场设在南门外的广场上，朱总司令充满激情的讲话，不时被操场上的掌声、欢呼声所打断。茅盾也被这热烈的场面感染了——他后来回忆说："我第一次见到这样热烈而又质朴的场面：台上挂着两盏汽灯，把简陋的黄土垒成的主席台照得通明，台下是黑压压的人群，秩序井然地坐在自带的小马扎上，他们互相拉着号子，此起彼伏地'比赛'唱歌，有我熟悉的《大刀进行曲》和《游击队之歌》，也有我第一次听到的《八路军进行曲》。"

到延安的第二天，即5月27日，正在延安女子大学担任教育长的弟媳张琴秋来了。亲人重逢，有说不完的话。张闻天在百忙之中也来了，当年和茅盾情同手足的张闻天，如今已是中央领导。晚上，茅盾又出席延安各界在中央大礼堂举行的欢迎大会，一组气势磅礴的《黄河大合唱》，使茅盾感觉到“它那伟大的气魄自然而然使人鄙吝全消，发生崇高的情感，就像灵魂洗过一次澡似的”。5 月 28 日，茅盾专程去杨家岭拜访老友张闻天。身材魁梧的张闻天仍像当年在上海茅盾家里那样，爽朗、热情，睿智的目光里充满友爱和淳朴！两位老友相叙，谈起了三十年代上海文艺界的岁月，也谈起新疆那腥风血雨的日子，更倾诉了自己到延安的感受。这时，张闻天问茅盾：“今后作何打算？”

茅盾毫不犹豫地向张闻天表示：“准备在延安长住下去，有机会还想去前线看看。”

“格（这）太好了，太好了。”张闻天一听，笑了，用上海话连连说。

从张闻天那里出来，茅盾又去拜望毛主席。茅盾和毛泽东早在二十年代就曾在一起共事过，毛主席见老朋友来，兴致很高，谈笑风生。茅盾把在新疆的经历和赵丹等人在新疆的困境一一作了汇报。毛主席用心听了，并作了指示。过了几天，毛主席到交际处看望茅盾一家，并亲自给茅盾送去一本刚出版的《新民主主义论》。老友相聚，其乐融融，一壶茶，一包烟，两人谈古典文学，谈《红楼梦》。茅盾抽烟不多，毛主席却一支接一支地抽，一边抽烟，一边谈着文学。说着说着，毛主席又关心起茅盾的下一步打算。茅盾告诉他，仍打算搜集些材料，到前线去看看，以便创作。毛主席听了，用湖南话爽朗地对茅盾说："去鲁艺吧，鲁艺需要一面旗帜，你去当这面旗帜吧。"茅盾笑道："旗帜我不够资格，搬去住我乐意，因为我是搞文学的。"

说得兴致正高时，茅盾夫人孔德沚已把饭菜摆上来了，毛主席就在茅盾家里吃饭。毛主席一边吃饭，一边说笑，手上还夹着烟。在一旁的孔德沚便劝毛主席戒烟，毛主席幽默地说："戒不了啰，前几年医生命令我戒烟，我服从了，可是后来又抽上了。看来，在这个问题上，我是个顽固分子。"说得大家都笑了起来。

后来，茅盾采纳毛主席的意见，搬到了鲁艺。

在鲁迅艺术文学院

“鲁艺”是鲁迅艺术文学院的简称。它创建于1938年4月，是毛泽东建议，周恩来、林伯渠、徐特立、成仿吾、艾思奇、周扬等签名参加发起成立的一所综合性艺术学院。茅盾去鲁艺时，院长是吴玉章、副院长是周扬。在老友周扬的精心安排下，鲁艺为茅盾的到来专门发了公告，并为茅盾准备了两孔窑洞，进城有马，还派一名勤务员照顾茅盾生活。6月9日下午，鲁艺在该院大礼堂举行两周年校庆，毛泽东、朱德、张闻天、任弼时、康克清、吴玉章等都来参加校庆活动。茅盾和从新疆一起出来的张仲实也应邀前往。会上，茅盾作了讲话，他阐述了抗战文艺理论落后于现实的问题，作家和理论家深入斗争生活问题以及作家、批评家之间的联系问题，希望鲁艺真正继承鲁迅精神，努力于创作和批评，以巩固这个中国新民主主义文化的文艺堡垒。

后来，在周扬同志的安排下，茅盾又专门为文学系学生讲授《中国市民文学概论》。他运用马克思主义的唯物史观，对中国市民文学的历史嬗变作了深刻的阐述，深受师生欢迎（可惜当时的讲稿后来在辗转中丢失了）。

在延安，茅盾目睹了那里的人民高昂的精神风貌，目睹了鲁艺青年朝气蓬勃的生产生活场景。他说：“天不亮，同学们背着草帽，扛着锄头，肃静地沿着沟底的小径从我的窑洞前经过；而傍晚，当沟底已经黝黑的时候，他们三三两两络绎不绝地回来了，在苍茫的暮色中，他们那充满了青春活力的歌声和笑声在两山之间回荡！”这场景深深地印在茅盾的脑海里，成为他日后创作的素材。

纪念亡友鲁迅

茅盾在延安那一段时间，正是延安人民大规模纪念鲁迅先生六十诞辰的时候。1940 年 8 月，在延安编辑出版的《大众文艺》出版纪念鲁迅诞辰六十周年专辑。茅盾作为鲁迅的战友，专门为这个刊物写了两篇文章。一篇是《为了纪念鲁迅的六十生辰》，回忆了 1935 年与宋庆龄、史沫特莱动员鲁迅去苏联治病的经过；另一篇《关于〈呐喊〉和〈彷徨〉》，专门为纠正对鲁迅前期思想发展评价不够的倾向而写的。茅盾认为《彷徨》是《呐喊》的发展，是更积极的探索，而不是当时流行的所谓“悲观思想更浓重了”。值得一提的是，在延安，茅盾将一份珍藏的鲁迅手迹献给鲁迅先生逝世四周年展览会。这份手迹，茅盾在抗战烽火中走南闯北，即使在白色恐怖的新疆，也随身带在自己身边。现在，延安军民要纪念鲁迅，茅盾便毫不犹豫地将它捐出。

心情舒畅，奔波忙碌

在延安这短短的四个多月时间里，茅盾忙碌但心情舒畅，为解放区的文学大业而奔波着、忙碌着。茅盾住的那口窑洞，灯光时常亮到深夜。当时，延安文艺界正在开展一场关于民族形式问题的讨论，茅盾读过各方面的讨论、反驳、批判文章后，专门写了一篇《旧形式、民间形式与民族形式》，积极参加讨论，纠正某些文章的错误观点，给予正确的指导。与此同时，茅盾还热心扶掖青年文学爱好者，修改他们的习作。当时，延安有个文学青年陈宗凤写了一篇小说《大概是同志》，他通过茅盾的儿子沈霜转送茅盾，请茅盾修改。茅盾非常认真，看过以后，专门写了两封长信，提出详尽的修改意见。通过帮助，茅盾发现延安的一些文学青年，热情很高，但大都不注意炼句，甚至不懂得炼句。于是，他专门写了一篇《一点小小的意见》，刊登在萧三、方纪负责的《大众文艺》上，指导延安青年写作。

当时，延安的勤学风气非常浓厚，这风气也感染了茅盾。到延安不久，茅盾就参加三个报告会、座谈会。一个是范文澜、吕振羽组织的中国历史问题讨论会，二三十人挤在蓝家坪窑洞的平台上，每周一次，漫谈中国的历史问题。一个是由艾思奇主持的哲学座谈会，参加者都是中央的负责同志和延安的著名哲学家，毛泽东、朱德、任弼时、张闻天、凯丰等也常来参加。茅盾是张闻天同志让他来参加的。当时座谈的范围很广，有谈康德、黑格尔以及中国的老庄思想等话题。还有一个是中宣部组织的报告会，专门学习《联共（布）党史简明教程》中斯大林写的第四章《辩证唯物主义和历史唯物主义》。在杨家岭礼堂，报告会共办过四次，茅盾每次都出席。

其他如延安新哲学会首届年会首次会议、庆祝百团大战胜利、纪念“九一八”九周年大会等，茅盾都积极参加。总之，这段时间，茅盾工作、活动虽然十分繁忙，但他的心情却是前所未有的舒畅。

周恩来重庆来电

就在茅盾参加庆祝百团大战胜利后没有几天，张闻天到桥儿沟看望茅盾。张闻天刚坐下端起茶呷了一口，便拿出一封电报。茅盾接过来一看，原来是周恩来从重庆发来的电报。大意是：郭沫若他们已退出第三厅，政治部另外组织了一个文化工作委员会，仍由郭沫若主持。为加强国统区文化战线的力量，希望茅盾能到重庆去工作，担任文化工作委员会的常务委员。周恩来在电报中还认为，茅盾在国统区工作，影响和作用会更大些。

看完电报，茅盾陷入沉思。张闻天知道茅盾舍不得离开延安，便说："恩来想请你去重庆，就是考虑到你在国内外的名声，在那种环境里活动比较方便，国民党对你也奈何不得。"说到这里，停了一下，又说："不过，这只是我们的建议，我们知道你全家都来延安了，你原来也不打算再出去的，如果你实在不愿意，也不必勉强。"张闻天见茅盾沉默，又补了一句："你和德沚姐商量商量，过两天再听你的回音。"

"不必商量了，既然那边工作需要，我听从分配，两个孩子就留在这里。"茅盾听了张闻天这番代表组织的话，一边把电报还给闻天，一边坚毅地说。

"德沚姐如果不放心孩子，也可以留下。"张闻天点点头，呷了一口茶说。

这时，在一旁的孔德沚立刻接上来说："不，我同雁冰一起行动，孩子已经大了，托琴秋照顾就行了。"

张闻天一听，对孔德沚笑道："嫂子，那样也好，两个人在一起，互相有个照应，孩子留在延安，请你们放心，我也会照顾的。"

在送张闻天回去时，茅盾和张闻天肩并肩地沿着沟底走去。茅盾望了一眼湛蓝的天空，延安的云，延安的山，延安的树，延安的窑洞都那样富有魅力！现在，茅盾又要离开这革命圣地，这对一个为共产主义奋斗终身的革命文学家来说，真有点难分难舍！

路上，茅盾敞开心扉，向张闻天提出，希望党中央考虑恢复他的党籍的问题，以便今后可以更直接地接受党的领导。张闻天理解茅盾的想法，答应把茅盾的要求提交中央书记处研究。

不久，茅盾向在延安的老朋友一一告别后，又到杨家岭向毛主席辞行。毛主席知道茅盾要去重庆，便握住茅盾的手，风趣地说："你现在把两个包袱扔在这里，可以轻装上阵了。"

在送别茅盾时，张闻天告诉茅盾，中央书记处研究了他的要求，认为他目前留在党外，对今后工作，对人民的事业，更为有利，希望茅盾能理解。对党中央的决定，茅盾没有二话。1940年10月10日，茅盾夫妇把一双儿女留在延安，怀着无限依恋的心情，随董必武同志的车队，离开了延安，踏上新的征途。

（1992年）

茅盾在桂林

桂林是中国名副其实的历史文化名城，曾几何时，在中华民族苦难深重的抗日战争时期，曾经有两千多中国文化精英在中国共产党的精心组织和努力下，长途跋涉从香港辗转抵达桂林，聚居在桂林的山水之间，在中国现代文化史上留下浓墨重彩的一笔。1942 年，茅盾也来到桂林，进行创作和活动。虽然至今已经过去整整 70 年，但是在桂林现代文化史上留下了深深的印迹。

丽君路南一巷

1941 年 12 月 8 日，日本偷袭珍珠港的同时对美、英发动突然袭击，随后美、英对日宣战，史称“太平洋战争”爆发。12 月 13 日香港九龙陷落，19 日，日军在香港北角登陆，24 日，在炮火声中日军进入香港市区。此时，香港沦陷。然而，因为“皖南事变”而从重庆撤退到香港的大批进步文化人，此时来不及撤退，正处在危险境地。从重庆撤退到香港编辑《笔谈》杂志的茅盾，此时也处在危险之中，在中国共产党香港党组织的关心下，茅盾果断停止《笔谈》的出版，开始与夫人孔德沚在香港的炮火里东躲西藏，防止落入日本人手里。

香港沦陷后，大批文化人的生命安全引起中共中央的高度重视，立即指示东江游击队和香港的党组织，迅速秘密转移滞留在香港的文化人！于是，包括茅盾在内的上千文化人在党组织的安排下，陆续撤离香港，一路上昼伏夜行，沿江撤退到广东，并向桂林方向走去。其中，茅盾夫妇虽然有叶以群等人的专门照顾，但崎岖的夜间山路，对水乡平原出来而又一直在上海等都市里生活的茅盾来说，艰苦可想而知。从 1 月 9 日开始准备撤离香港，到 11 日正式离开香港，走走停停，共走了两个月，3月9日终于到达桂林。一路上惊心动魄的艰险及从未有过的困苦，让一代文学巨匠成为一副逃难落魄的模样，据茅盾自述：“两个人都穿一件肮脏又肥大的蓝布棉袄（这还是东江游击队发的），我一手提个包袱一手拎只暖瓶，德沚也提个包袱，另一只手拎只小藤篮。我的包袱里是一条俄国毛毯，德沚的包袱里是几件换替衣服，藤篮里则放些梳洗等日用品，包括我的那本《新旧约全书》——这就是我们的全部家当。”据说茅盾这副模样走进桂林的一家旅馆时，竟然受到茶房鄙夷的目光！这目光让茅盾刻骨铭心。

刚到桂林时，天气依然是乍暖还寒，依然湿冷。不过，湿冷的天气对茅盾来说，并不陌生，因为老家浙江乌镇和上海，每年早春都有这种湿冷的天气。但桂林这个后方城市本来就不大，太平洋战争爆发后，一下子涌进来将近两千多的文化人，找住房却成了这批人的大问题。茅盾也不例外。在旅馆住下后，夫人就出门去找房子，找了一个星期，跑遍了整个桂林城，夫人孔德沚依然两手空空。桂林城里已经人满为患，茅盾托人去打听，也同样没有结果。后来，还是党组织负责联络茅盾的叶以群将联系茅盾的任务移交给邵荃麟后，邵荃麟将茅盾夫妇安排在自己的住处——丽君路南一巷的文化供应社的宿舍内，腾出一间八九平方米的厨房，稍作打扫，添置一桌两椅和一张双人床，将这个小房间塞得满满的。而夫人孔德沚做饭就只能在过道上了。

丽君路在今天的桂林，已经是市中心了，桂林师范高等专科学校就在附近。但在20世纪40年代，这里远在桂林西门外。当时文化供应社就在丽君路南一巷里。据茅盾回忆：

> 邵荃麟住在西门外丽君路南一巷一座新盖的二层楼房内，楼房分前后两栋，前楼为上房，上下有八大间，后楼为旧房，只有四小间，两楼中间是个天井。这楼是文化供应社的宿舍，楼内除了邵荃麟，还住着宋云彬、金仲华以及一个姓王的出版商。宋云彬一家和出版商及其外室占了前楼楼上的四大间，

> 楼下为库房，堆满了纸张和书籍；金仲华兄妹和邵荃麟夫妇在后楼楼上各住一间，楼下两间便是他们的厨房。现在邵荃麟把他的厨房让给了我，自己就与金仲华合用一间厨房。厨房很小，大约八九平米，只能放一张双人床和一张桌子。德沚买了点简单的竹制家具，我们便将就着住下了。

茅盾回忆中没有点明王姓出版商是谁，但点到名字的几位却都是茅盾同乡：邵荃麟是宁波慈溪人，宋云彬是海宁人，而金仲华与茅盾同一个县——都是桐乡人。而且宋云彬是茅盾二十年代就认识的老朋友，在茅盾作品里曾以“云少爷”的形象出现。所以宋云彬回忆茅盾初到桂林时，也说到茅盾曾托他找房子，说这八九平方米的房子是他清理出来的。不过，在茅盾的记忆里却是邵荃麟腾出来的。但不管怎样，茅盾夫妇终于在桂林有了一个安身地方了。后来，鼎鼎大名的柳亚子先生曾经专门跑到丽君路南一巷看望茅盾，老先生在茅盾这兼饭堂、工作、卧室的小房间里，大叫转不开身，与他住的仓库似的大房子有天壤之别。

然而，让人想不到的是，这个让柳亚子先生大叫“转不开”的小房间，茅盾却在这里大展身手，写出了《劫后拾遗》《霜叶红似二月花》等作品。

《劫后拾遗》的写作

其实，当时茅盾对住所的要求并不高，两三个月没有创作的茅盾已经经历了太平洋战争、香港沦陷，其间许许多多的故事在茅盾脑海里发酵，一股强烈的创作欲望和冲动，让茅盾觉得“只要有个安静点的写作环境就可以了”。所以，茅盾在当时住房奇缺的桂林，能找到一间房，足矣！

刚刚到桂林的茅盾发现，当时桂林地方不大，但文化空前繁荣，据说 1942 年前后桂林有出版社和书店——当时既是书店也是出版社有六十多家。而刊物，据统计除原有的杂志外，1942、1943 年两年新创刊了 17 种进步文艺刊物。这些，对作家来讲是一个十分重要的平台。

安顿下来的茅盾，尽管创作激情不可遏制，但理性却让茅盾不断地告诫自己：“先不要急于发表文章，看清形势再动笔。”因为当时广西地方当局在抗战中态度比较积极，民主空气比较浓厚。尤其是“皖南事变”以后，广西当局为确保自身利益和抗衡重庆国民党政府的压力，对共产党采取一定程度的合作态度。但茅盾自己刚刚在香港写过揭露国民党特务的黑幕小说《腐蚀》，而且影响很大，因此茅盾的担心和考虑是有道理的。他曾说：“我和德沚也投奔到桂林。这里起码是一个比较安全的落脚点，在这里我可以对太平洋战争以来国内政治形势的变化作一番估量，也可以观察重庆方面在我写了《腐蚀》等小说和杂文之后对我的态度，以便审时度势，决定我今后的行动方向。”

但是，“一钿难倒英雄汉”，到达桂林后的茅盾夫妇，已经囊中羞涩到了等米下锅的地步了。于是，善于捕捉时事性题材的茅盾，立刻在那张餐桌兼书桌上写起太平洋战争在香港发生时的形形色色和花花絮絮，用如椽之笔“给这个从未经受过战火洗礼的小岛上的芸芸众生在十五天战争中的各种面相画一张速写”。茅盾每天猫在这张饭桌边写作。很快，一部八九万字的《劫后拾遗》出现在读者面前。对这部作品，茅盾自称“是一中篇报告文学”。其实，在这个报告文学里，茅盾是用小说笔法，真实地再现香港在陷落日本铁蹄后社会上见到的形形色色的各色人等。即使我们今天来看这部作品，仍然发现在《劫后拾遗》中，地名是真的，路名也是具体的，人物形象、人物语言等等都带有浓郁的香港特征和香港风情。这部作品将太平洋战争中日本侵略者的残暴，港英当局的无能，和面对这场突如其来的战争香港社会中各色人等的形形色色的面相，描绘得入木三分。后人在研究茅盾文学时，将这部在桂林创作的《劫后拾遗》归类在中篇小说里。

在写作《劫后拾遗》过程中，茅盾还要与新知旧雨相聚。桂林的春天是在霏霏细雨里悄悄过去的。漓江边的水雾，慢慢变成云，常常飘忽在远远近近的山腰上，观音峰、白岩山、骝马山、老人山、叠彩山等等这些不近不远也不高的山峦，茅盾只要走出这个小房间，就能看到水墨如黛的山色，看到街道上温暖的榕树。但是，事实上，勤奋的茅盾似乎很少外出。当时，他刚刚安顿好，青年作家于逢就来访，于逢是几年前在广州时就认识的，茅盾在桂林再次见到于逢时，几乎认不出来了，问于逢："你是谁？我不认识你！"于逢只好抱歉地说："沈先生，我是于逢呀！"茅盾这才想起来，忙让于逢里面坐。于逢后来回忆当时拜访茅盾时的情景说："他记起来了，就让我往屋里坐。但这是个什么样的房间呀？小得可怜，只能放下一张木床，两把椅子，还有一张方桌，桌上堆满瓶瓶罐罐，摆着一盏桂林式桐油灯。这就是他和夫人的卧室兼工作室。楼上楼下及周围人声嘈杂，蚊蝇又多。他就是在这样的环境里，白天趁着昏暗的光线，晚上对着冒烟的桐油灯，眯起有病的眼睛，用毛笔在粗糙的土纸上，一个字一个字地写成了报告文学《劫后拾遗》……"

在写作《劫后拾遗》时，国民党政府从重庆派国民党的文化官员刘百闵到桂林，游说在桂林的文化人到重庆工作，说中央对这些文化人“有所借重”。事实上，国民党得知中国共产党在太平洋战争爆发后，及时抢救转移两千余文化人到桂林，便指示宣传文化部门派人到桂林拉人，希望这些文化人到重庆，为国民党政府服务，声称可提供良好的工作条件，企图将这些文化人掌控在自己的眼皮底下。所以，刘百闵到桂林后，十分卖力，一个一个地做工作游说。其中，争取茅盾去重庆是刘百闵的工作重点，理由是茅盾还是重庆文化工作委员会专任委员，重庆对他寄予希望。为此，刘百闵用宴请文化人、开座谈会等方式，耗去茅盾不少创作时间。因此，《劫后拾遗》一直写到5月1日才结束。

一个多月后，即1942年6月，《劫后拾遗》由桂林的学艺出版社出版。据说学艺出版社是生活书店桂林分店的化身，所以茅盾对它有感情。茅盾答应这部《劫后拾遗》由学艺出版社出版后，出版社立即预付茅盾一笔稿酬，并且允许茅盾将《劫后拾遗》的某些章节先在刊物上发表。于是，茅盾刚刚到桂林时的那种囊中羞涩的状况才有所改观。

在茅盾晚年，《劫后拾遗》与其他一些描写太平洋战争爆发后香港经历见闻的作品合在一起，取名《脱险杂记》。茅盾亲自作序，分别于1980年1月和6月由香港时代图书有限公司和中国社会科学出版社出版。此是后话。

桂林维权

应该说，茅盾到桂林之前的生活，从来是衣食无忧的，年轻时在上海崭露头角，每月的收入非常不错。当时在商务印书馆当学徒的陈云每月的薪水只有二元，而茅盾一进商务印书馆就月薪二十四元，半年后就每月加薪六元，合计三十元，到第三、四年月薪已达到四五十元，加上稿费“平均每月也有四十元”。这在当时已经是相当高的收入了。后来离开商务印书馆后，茅盾就是靠编刊物和写作的稿费收入生活，同样，生活已是小康。乌镇茅盾纪念馆里陈列着一部茅盾三十年代在上海时期的家用的烤面包机，这物件在当时的上海是颇为富裕和海派的象征。随着《子夜》

等作品出版问世，茅盾的收入也达到可以在乌镇造房子的程度。全面抗战开始以后，茅盾勤奋创作的同时，还编着各种刊物，收入也十分稳定。唯有这次到桂林，茅盾才尝到等米下锅的滋味。

但是，就茅盾而言，刚到桂林时可以身无分文囊中羞涩，但是只要茅盾能够坐下来写文章进行创作，报纸杂志和出版商都愿意出钱预订，也愿意出高稿酬发表茅盾的作品。当时一般的报刊和出版商唯恐拿不到茅盾的稿子呢。所以，茅盾刚到桂林的时候囊中羞涩也是一时之困。当时茅盾将《劫后拾遗》中的三节，抽出来分别在《野草》《半月文萃》《文艺杂志》等刊物上发表，从某种程度上缓解了茅盾的生活困境。

连一代文学大家茅盾都觉得要等米下锅，到桂林的其他一些作家的艰难生活可想而知。可是，当时的一些出版商对一些青年作家还故意压低稿费标准谋取更大的利润。所以，桂林当时虽然文化繁荣，出版社、杂志社也非常得多，但相当一部分是书商不是出版家，他们唯利是图，作家的稿费很低很低，甚至不及一个排字工人。据说，当时排字工人排一千字的工资比作家写一千字所得的稿酬还高。所以，不少聚集在桂林的作家们，纷纷要求文协桂林分会出面，争取保障作家权益。这些维权的作家们想到了茅盾，希望茅盾出面，以便更有号召力。茅盾尽管写作任务很重，考虑到这是许多作家的切身利益问题，还是答应了下来，放下手头的写作，投身到维护作家合法权益的斗争中去。1942 年 4 月 26 日，文协桂林分会在广西艺术馆召开会议，会议由茅盾主持，茅盾以“保障作家合法权益”为题，报告了会议的筹备经过，并就提高版税和稿费问题具体方案作了说明。会上，茅盾与田汉、司马文森、胡风、宋云彬、李文钊、秦似、胡危舟、艾芜等一起，被分会的作家们推定为代表来负责交涉办理这项工作。半个月后，即 5 月 10 日下午，文协桂林分会又召开第二次维护作家权益的会议，茅盾、胡风、田汉等人出席会议，会议认为目前桂林偷印书籍，不付版税损害作家权益的事件时有发生，其中有偷印鲁迅作品，也有偷印茅盾作品的。会议要求这些书店、出版社立即采取措施封存纸型，补付版税等。并立即召开书店出版社负责人会议，提出要求，维护作家合法权益。

当时的出版商中，有的老板还是茅盾的朋友，茅盾也毫不含糊地给予批评，其中包括作家反映较多的宋云彬先生。虽然宋先生是茅盾同乡，又是二十年代的老朋友，但宋云彬先生在桂林到处替出版商说话，认为，作家如果提高稿费、版税，出版社就赚不了钱，出版社不出版作品而改行经营的话，作家收入更加没有保障了。这些似是而非的论调，受到在桂林的作家们的批评。茅盾晚年对文协桂林分会维护作家合法权益的过程，包括他主持的4月26日那次座谈会，曾经回忆说：

> 文协桂林分会几经磋商，拟订了一个提高版税和稿费的建议，准备召开一次文艺家的座谈会，由到会者签名，正式向出版家和书商提出，他们推举我来主持这个会议，并要求我把宋云彬拉来参加，让他当场表态。因为文化供应社当时是后台最硬，资本最雄

厚的出版社。座谈会于四月二十六日在广西艺术馆召开，由我报告了保障作家合法权益，争取提高版税和稿费的建议酝酿和提出的经过，大家发言踊跃，情绪激昂，不少人不指名地批评宋云彬。宋云彬也聪明，不发一言，大家问到他的意见，他表示完全同意，并且也在建议书上签了名。不过从此他对文协召开的会议都借故推托不肯出席，文艺界的事也很少过问，俨然是个出版家了。

茅盾的这个回忆，记录了当年桂林文化出版界生态的一个侧面。而茅盾为了作家们的利益，扛起维护作家合法权益的一面大旗，在桂林文化史上留下了一个让人回味的佳话。从现有史料看，经过茅盾等作家的争取，后来作家的版税和稿费状况大有改善。茅盾去世后，还有不少作家回忆起当年茅盾在桂林为维护作家权益所做出的贡献。

《霜叶红似二月花》诞生

茅盾1942年在桂林最大的文学创作，就要算被他戏称在“两部鼓吹”中诞生的长篇小说《霜叶红似二月花》了。

茅盾创作的特点，向来是史诗性的大手笔。这是国内外现代文学史学术界公认的。而这部《霜叶红似二月花》小说酝酿时间比较早，早在抗战前，茅盾就想描写一部从辛亥革命到五四运动前后的长篇小说。后来因为卢沟桥事变，茅盾奔走大江南北，无暇坐下来实现这个想法。结果一晃五年过去了，现在客居桂林这个后方城市，又重新想起这个计划。于是，茅盾写完《劫后拾遗》后，从6月开始酝酿并着手创作《霜叶红似二月花》。茅盾回忆创作这部小说的前因后果时说：“抗战前夕，我曾打算写一部从辛亥革命到‘五四’运动前后的长篇小说，也因抗战爆发而未能实现。现在客居桂林，使我重新想起了那些‘未竟的事业’。”至于这部长篇小说的规模，茅盾开始计划宏大，他说：“我计划写‘五四’运动前到大革命失败后这一时期的政治、社会、思想的大变动。……全书规模比较大，预计分三部，第一部‘五四’前后，第二部写北伐战争，第三部写大革命失败以后。”

可是，在这八九平方米的房间里堆满瓶瓶罐罐的半张桌子上开始创作时，需要环境安静的茅盾常常听到来自天井里楼上楼下的烦心嘈杂的声音。茅盾戏称这是“两部鼓吹”。说：“我的小房间外边就是颇大的一个天井（院子）。楼上经常是两三位太太，有时亦夹着个把先生，倚栏而纵谈赌经，楼下则是三四位女佣在洗衣弄菜的同时，交换着各家的新闻，杂以诟谇，楼上楼下，交相应和；因为楼上是站着发议论，而楼下的是坐着骂山门，这就叫我想起了唐朝的坐部伎和立部伎，而戏称之为‘两部鼓吹’。”显然，在这样嘈杂的环境里写作《霜叶红似二月花》，艰苦是可想而知的。自然，创作三部长篇小说的宏伟计划也就在这样的“两部鼓吹”下开个头之后，因为种种原因戛然而止，让茅盾牵挂了一辈子。

然而，有意思的是，这部在嘈杂环境里创作的长篇小说，一点都不嘈杂，整部小说气象温润从容，结构严谨绵密，配置大气而富有书卷味，人物形象长幼有序上下分明。小说的故事在五四前后的江南某个县城里的钱、黄、张、朱几个家族和钱良材、张恂如、张婉卿、黄和光等受过五四洗礼的男女知识青年中间展开，描写了五四前后的家庭生活、人际关系、两性婚姻以及正在兴起的民族资产阶级与封建豪绅之间的似缓实急的斗争。小说中的张婉卿这个女性形象，是茅盾文学画廊里最为光彩照人的，她与茅盾笔下其他的时代女性不同，她有着良好的家庭教育素养，她睿智、美貌，既有传统美又有知性美，她从旧时代过来，但在五四时期又能够与时俱进，既知书达礼又能打理人情往来。所以，张婉卿成为茅盾笔下的名副其实的一号女性形象。其他如钱良材、黄和光等形象，也富有五四时期青年知识分子的特征，有时激进有时沉沦，有理想也有颓废，随时代变化而变化，被时代洪流裹挟着前行。茅盾是把五四时期的大时代，通过县城里几个家庭的生活场景来表现；整个小说平凡琐细，缠绵细腻，曲折往复，具有浓郁的《红楼梦》胎息。

这部长篇小说，浸淫了茅盾的创作思想和美学追求。题目是茅盾借用唐代诗人杜牧《山行》中的“霜叶红于二月花”句，并把其中的“于”改为“似”，为什么既借用了杜牧诗句而又改动一个字？茅盾自己揭秘说：“书中的主要人物是一些出身于剥削家庭的青年知识分子，他们有革故鼎新的志向，但认不清方向。当革命的浪涛袭来时，他们投身风浪之中，然而一旦革命退潮，他们又陷于颓废，或走向了个人复仇，或消极沉沦。这也是我之所以把书名取作《霜叶红似二月花》的原因，书中的主人公大多是霜叶，不是红花。”但是，即使“霜叶”而不是“红花”，茅盾也倾注了自己的美学追求。他后来曾说：“我写《霜叶红似二月花》，是很用了一番心思的，我企图通过这本书的写作，亲自实践一下如何在小说中体现‘中国作风和中国气派’。”

然而，让人遗憾的是，茅盾从6月写到10月底，只写了第一部，因为要离开桂林去重庆，只好刹车停笔，结果无论是作者还是读者，都留下了永远的遗憾，用茅盾自己的话说，在这部《霜叶红似二月花》中，“只能看到‘五四’前后江南城乡新旧势力错综复杂的斗争，还看不出我原来的写作意图，霜叶还没有红，围绕男主人公钱良材的故事刚刚展开，女主人公张婉卿的性格还有待发展，而另一位女主人公张今觉则尚未登场。”因此，茅盾离开桂林后一直牵挂着这部小说的后续，直到晚年，才动手开始重续这部小说，可惜为时已晚，只为世人留下一个续稿大纲。

《霜叶红似二月花》当时先在《文艺阵地》连载，1943年9月由桂林的华华书店出版，立即引起广泛反响，获得很高评价。10月20日，桂林《自学》杂志和《广西日报》读者俱乐部召开座谈会，名称为“《霜叶红似二月花》第一部座谈会”，巴金、田汉、艾芜、孟超、安娥、林焕平、周钢鸣等数十人参加座谈，公认这部小说“为抗战以来，文艺上巨大收获”。会后，还联名向当时已在重庆的作者茅盾发了贺电，可见影响之大。

1942年作于桂林的这部《霜叶红似二月花》至今已有七十年。世界的变化之大可谓翻天覆地，但是茅盾七十年前，在桂林艰苦的环境里，能够创作出有如此历史风采和审美价值的作品，让后人感叹不已。

论史作诗寄情怀

茅盾在桂林的日子里，写诗、论史成为他在小说创作之余的又一大收获，而茅盾的这个忙中偷闲的雅兴，是受了柳亚子的影响。

柳亚子与茅盾同是江浙一带人，柳亚子是江苏苏州黎里镇人，黎里与乌镇仅隔几十里路，茅盾和柳亚子在二十年代国共合作时期就有来往，并且建立了深厚的友谊。地缘相近，人缘相亲，所以，柳亚子的到来，让茅盾热闹了许多。

据柳亚子回忆，1942年6月7日早上他同女儿柳无垢两人到达桂林，先到文化供应社找陈此生，结果那天是星期天，陈此生不来上班，柳亚子只好自报家门，并说找宋云彬。结果，供应社的人一听是鼎鼎大名的柳亚子，非常热情，便带柳亚子到丽君路南一巷的宋云彬住所。柳亚子到那里一看，老朋友全在那里：茅盾、孔德沚、金仲华、金端苓、邵荃麟、葛琴、傅彬然、杨承芳等。当天，茅盾夫妇等柳亚子的新朋旧友设宴为柳亚子接风洗尘。后来柳亚子由老乡黄宝珣女士介绍，找到了信义路的两间房子，茅盾清楚地记得：“亚子那时住在一间仓库似的大厅里，中间用布幔隔开，自然比我那‘灶披间’宽敞得多，亚子曾来参观我的住所，大叫转不开身，以后就总是我去他那里作客。我们在一起无话不谈，中心议题则是‘论史’。”而茅盾在桂林与柳亚子等论史，主要是作诗作文。所以，茅盾在桂林时，留下了不少论史的散文。如《雨天杂写》系列中，常常借古喻今或借古讽今，对历史与现实的联想，引经据典，信手拈来，从现实写到历史，从历史照见现实，嬉笑背后有讽喻，轻松之间是严肃。茅盾自己对《雨天杂写》系列短文有过一段回忆：

写《雨天杂写》时，因无空袭，故仍有“两部鼓吹”相伴，见景生情，不免流于笔端，于是文章中就出现了活跃于桂林文化市场上的某些人物，并且写下了一副对联：“饭桶酒囊亦功德，鸡鸣狗盗是雄才。”除此之外，我的《雨天杂写》主要是谈论历史掌故，例如秦始皇和汉武帝，姚兴和鸠摩罗什，拿破伦和希特勒，李斯和董仲舒等等。我想暗示，对于历史人物之功罪虽各有评论，但有一点是无法改变的：凡不顺应历史潮流而妄图阻拦社会经济之发展者，必成千古罪人；凡以暴力妄图强制思想之统一者，必遭世人唾骂。

自从柳亚子、叶圣陶——叶圣陶也是与柳亚子差不多同时到桂林的——他们到了桂林之后，一些新朋旧友便常常相聚于桂林山水，喝茶作诗，十分热闹。而对于茅盾忽然热衷于“论史”，茅盾自己认为“是受了柳亚子、陈此生的影响”。桂林本来是个宜史宜诗的城市，加上一大批中国文化精英的到来，自然在桂林的任何一个名胜，都可以流淌出故事和诗情。有时候，柳亚子他们酒酣之际，望着门外桂林山水，诗兴大发，趣意盎然，在诗的氛围里，茅盾深受感染。其中茅盾一首反映此时心境的与柳亚子唱和的诗，很快在桂林友人间传唱开来：

偶遣吟兴到三秋，
未许闲情赋远游。
罗带水枯仍系恨，
剑铓山老岂剸愁。
搏天鹰隼困藩溷，
拜月狐狸戴冕旒。
落落人间啼笑寂，
侧身北望思悠悠。

茅盾的这首《无题》诗里，恰到好处地引用桂林典故罗带水、剑铓山。语出韩愈、柳宗元、苏东坡，情到意到，十分贴切。据柳亚子回忆，这一年的 9 月 14 日是中秋节，柳亚子和桂林的友人王昭仪等到一起“游牯牛岭，登山步月”。估计茅盾的这首诗就是这次到牯牛岭登山赏月时所吟。中秋月圆人团圆，但茅盾的一双儿女却在北边的延安，“侧身北望思悠悠，”是情感的自然流露。10 月 18 日是重阳节，柳亚子、茅盾等一批文化人应郭咏琴、撷韩兄弟的邀请游五权村，凭吊清代亡命客韦铁髯先生的墓道；10 月 28 日，郭咏琴又做东道主，邀请柳亚子、茅盾他们夜游漓江，这些活动，让茅盾在写作《霜叶红似二月花》里放松一下神经，也为茅盾紧张的创作活跃一下气氛。直到晚年，茅盾仍记得当时漓江夜游的情景：

> "论史"之外，我们也游览桂林的名胜，亚子更组织过一次漓江夜游。大约在九月间，亚子以国民党监察委员的身份，从广西省政府弄来一条游船，约集我们十多个人（记得其中有陈此生、田汉、熊佛西、杨东莼），带了家眷，乘船于月夜顺漓江而下，一路上饮酒、吟诗、观景、赏月，天明抵达阳朔，登岸游览，下午乘木炭汽车回桂林。

茅盾的这个回忆与柳亚子的回忆是相吻合的。在当时，类似的活动还很多，其中《感怀》一首也写于此时，其诗曰：

> 炎夏忽已尽，金风扇萧瑟。
> 渐觉心情移，坐立常咄咄。

凝望剑铓山，愁肠不可割。
煎迫讵足论，但愁智能竭。
桓桓彼多士，引领向北国。
双双小儿女，驰书诉契阔。
梦晤如生平，欢笑复鸣咽。
感此倍怆神，但祝健且硕。
中夜起徘徊，寒螀何凄切。

1942 年 11 月茅盾决定离开桂林去重庆了。老友们得知，纷纷邀请茅盾聚餐，为茅盾夫妇送行。11 月 29 日，柳亚子、田汉夫妇等邀请茅盾夫妇去东郊漓江边的月牙山品尝桂林特色菜肴，给茅盾夫妇送行。席间，柳亚子为茅盾赋诗：

远道驰驱入蜀京，
月牙山下送君行。
离惜别绪浑难说，
惜少当延醉巨觥。

茅盾也赋四首绝句回赠柳亚子，其中一首是这样写的："南明旧事岂虚诬，十万倭骑过鉴湖。闻道仙霞天设险，将军高卧拥铜符！"诗与正在醉心于南明史料的柳亚子十分符合贴切。当时，茅盾还诗赠陈此生夫妇，其中称颂陈此生夫妇为"诗画贤伉俪"。诗中还称自己"栖迟八桂乡，悠焉寒暑易"。表达桂林没有住够，同时他称颂桂林"山水甲天下，文物媲吴越"。

茅盾在桂林创作的诗，是他情感的自然流露。他自己曾说："抗战时在桂林，与亚子等友人吟咏唱和，才得稍有保存。现在看来，那时写的旧体诗倒比我在桂林写的其他文章更显露了自己的情感。"茅盾这是实话。

扶掖新人

在桂林的那些日子里，虽然居住环境没有改善，但茅盾精神抖擞，除了创作小说散文，与友人酬酢来往外，还常常关心桂林文坛，提携文学新人，甚至挤时间帮助在桂林的文学青年，传授创作经验。

茅盾刚到桂林时，青年作家于逢知道后就上门去拜访茅盾，并告诉茅盾，自己有一部长篇小说将出版，茅盾答应等于逢的长篇小说《乡下姑娘》出版后，会亲自写文章“鼓吹鼓吹”。给于逢一种温暖。后来，《乡下姑娘》出版后，茅盾果然写了书评，没有食言。当时桂林有个青年诗人叫方敬，茅盾与方敬认识后，看到方敬的文字潜力，便热情鼓励他可以尝试写写小说。

据秦似回忆，当时他们几个年轻人办一个刊物《野草》，1942 年茅盾到桂林后，秦似就常常去丽君路南一巷茅盾住所向茅盾约稿，茅盾每次都热情支持，用自己的文章支持《野草》这个进步刊物。秦似回忆说：“每期《野草》一出版，我总是尽快地带去给他，他总是那么笑着站起来，不论正在埋头看书还是写作，总停下来，招呼我坐下，然后他便从书桌退到床头的一张藤椅上，把新出的《野草》从封面到目录、正文，仔细地翻看一遍。边看边谈点印象、意见，具体的话，现在都记不起来了。只是记得他不但讲到文章的事，有时还讲到排版、油墨、纸张等等，总之，他给我一个印象，对待事情是十分认真、精细的。”当时，秦似还常常受茅盾邀请，在家里吃饭，品尝孔德沚的厨艺。这些，让青年作家秦似感到十分温暖和亲切。几十年后，秦似还记得在茅盾那斗室门口的小方桌上“不止一次热情的留吃饭”。当时，茅盾除了给《野草》写稿外，还为其他刊物如《青年文艺》《文学创作》《文化杂志》《诗创作》《文艺新哨》写稿，扶持桂林的地方刊物，让桂林进步文艺的鲜花在抗战中开得更加鲜艳。

茅盾给这些文艺青年耳提面命的谆谆教导，让桂林的文艺青年醍醐灌顶，终身受益。当时桂林还有不少机构经常组织讲座，主办者充分利用这种文化资源，让到桂林的名人们去演讲，刚到桂林个把月的茅盾就曾被邵荃麟拉去，专门给一个文艺讲习班讲课，这个班是文协桂林分会主办的。

在讲习班上，邵荃麟开场白之后，茅盾用平易近人的语言，娓娓道来：“刚才听邵先生说起文学组过去的研究的方法，以及诸位同志在创作上实践，听了非常高兴，高兴的原因，是因为我也是弄文艺的，同行中有这样努力的，自然值得高兴。今天有机会同大家谈谈觉得非常荣幸，但恐怕也谈不出什么好东西，这也是非常抱歉的。”

茅盾用江浙普通话，专门从“读”“观察”“写”三个方面展开，介绍了自己的体会和认识。针对初学写作者“眼高手低”的困惑，茅盾一番真言立刻让初学者放下思想包袱，他说：“据我看，‘眼高手低’并不是个坏现象，如果连‘眼’都不‘高’的时候，要他‘手’会‘高’起来，那是很不容易的。无论怎么样，观察力好，写作技巧一定会提高，眼高可以说是一种好现象。眼高而手低，也是一种必然的现象，今天眼高，明天手也会高的，到了眼高手高的时候，那就炉火纯青了。”茅盾平常是个不善言辞的作家，但这次在桂林的演讲，却颇流畅和富有条理，而且这个开场白又让听讲的学员茅塞顿开。而讲课的内容里，因为有自己的切身体会，所以也有很多的真知灼见，比如在讲到“读与写”的关系时，他说：“读与写应该连贯的应用。老是读而不写，好像打拳的你只看了几本拳谱，而不上手打，这是不行的；可是老是写，而不回头读，也犯同样的毛病。最好在一个时期内读而后回头想写。”这个体会让今天的读者看来，依然具有借鉴意义。在这次讲课中，茅盾讲到写以及如何写，讲到写小说如何观察人，有理论有实践，让桂林的文学青年享用一次精神大餐。

后来，茅盾还曾应广西艺术师资训练班的邀请，专门去艺术馆向训练班的师生作了题为《文学之产生、发展及其影响》的讲座，深受师生欢迎。

在桂林期间，茅盾还专门去参观艺术展，一是青年艺术家温涛、郁风、新波等在桂林举办的题为《香港的受难》木刻展览。在展出之前，茅盾先睹为快，专门看了温涛的作品，激起了茅盾对香港的回忆。茅盾为此专门写了推荐文章《记温涛木刻——香港之劫》，给予高度评价，提出“温涛先生在寂寞中完成了这么二十大幅的作品，而且得到发表的机会，这实在是抗敌艺术战线上的一件喜事”。茅盾的推荐很有影响力，连在重庆的《新华日报》也发文肯定温涛木刻。二是在茅盾决定离开桂林赴重庆之前，收到曾在延安见过面的战地写生队队长沈逸千在桂林举办画展的邀请。对从延安战地回到后方的画家，茅盾有着一股特殊的感情，茅盾欣然前往。这次看画展，茅盾在沈逸千的《白杨图》上题诗：“北方有佳树，挺立如长矛。叶叶皆团结，枝枝争上游。羞与楠枋伍，甘居榆枣俦。丹青标风骨，愿与子同仇！”另外，又为沈逸千的画展写了文章，称赞沈逸千在文艺工作者中是“走路最多，走得最远的一个人”。认为“他背着画箱，奔走南北，出入战场，不是以一个悠然的写生画家的姿态出现的，他是作为一个抗战宣传的艺术工作者，在后方收罗了后方生活的动态，带给前方将士看；在前方抢救下血淋淋斗争的史料，带回给后方民众看，他是用他的画笔来联系了前方与后方的”。后来，沈逸千被国民党暗害了，茅盾极为痛惜，直到晚年仍记得当年在桂林观赏沈逸千战地写生画展的情景。

茅盾在桂林的短短八个多月里，在桂林文艺界播下了进步文艺的种子，在后来的抗战文艺和新中国文艺中结出丰硕的果实。所以，茅盾 1981 年去世后，不少当年在桂林的青年作家、艺术家还回忆起茅盾在桂林扶掖新人的情景和贡献。

告别桂林

茅盾1942年3月9日抵达桂林，同年12月3日离开桂林，在桂林客居了将近9个月时间。应该说，在桂林的时间并不长，但茅盾在桂林期间创作上却取得丰硕的成果。据不完全统计，茅盾在桂林时创作了长篇小说《霜叶红似二月花》，中篇小说《劫后拾遗》，短篇小说《耶稣之死》《参孙的复仇》《列那和吉地》《虚惊》《太平凡的故事》《过封锁线》《马达的故事》等七篇，还有一二十篇文章及不少诗词和见闻札记。可以说，1942年这一年，是茅盾在抗战以来创作最多的一年。

这一年，茅盾尽自己所能地参与桂林的一些社会活动。5月25日，广西省紧急救侨会在乐群社举行茶话会，商讨救侨事宜，茅盾作为党组织从沦陷的香港抢救出来的文化名人也应邀参加。参加茶话会的还有金仲华、梁漱溟、蔡楚生、沈志远、叶浅予、王人美等各界名人。7月14日，桂林已是炎炎夏日，但温润的气候，多少可以抵挡掉烈日的酷热，剧作家田汉在桂林漓江东岸的七星岩主持召开一个“历史剧问题座谈会”。参加座谈会的有茅盾、柳亚子、欧阳予倩、于伶、胡风、宋云彬、蔡楚生、安娥、周钢鸣、端木蕻良等，茅盾在座谈会上认为“大体历史剧可以有两个目的，第一是使当时的历史情形再现，即如实地表现当时的历史真实。第二是从历史真实中抓住一个要点来发挥，而不必完全顾及历史事实”。茅盾的历史剧创作观，至今仍是历史剧创作的基本规律。在桂林，茅盾还与文化旅游搭上了关系结了缘。6月3日，中国旅行社在乐群社请客，招待在桂林的作家画家，茅盾夫妇应邀前往。《旅行杂志》主编孙春台请客并向大家约稿，席间大家推定茅盾为《旅行杂志》写稿，认为茅盾走的地方多，也是最有资格写游记的。后来茅盾为《旅行杂志》写了一组新疆风土杂记。岂料，茅盾这一餐饭和一篇文章结下的缘分，竟在一年后被《旅行杂志》聘为顾问兼主编。这桂林缘，直到茅盾晚年还铭记在心。

在桂林的这八个多月里，茅盾的心始终在牵挂着第一次离开父母独立在延安生活的一双儿女，这种父母牵挂之情，常常在茅盾的笔端流露出来。在《无题》诗中，茅盾自然流露出“落落人间啼笑寂，侧身北望思悠悠”。一个父亲对儿女的思念流淌在诗里；在《感怀》一诗里，有“双双小儿女，驰书诉契阔”句，依然是情依依意浓浓。无情未必真豪杰。一代文豪对儿女阔别的思念之情，真挚而浓烈！在小说《列那和吉地》里，茅盾用小说笔法真实地回忆了与儿女在新疆度过的岁月，列那，是别人送给他们的一条小狗，它归女孩子；吉地，也是别人送给他们的一条小狗，它归男孩子。小说写得温情脉脉，两只小狗，一双儿女，全家人和这两只小狗似乎有了无法割舍的感情。后来主人和一双儿女要离开新疆了，只好将两只小狗送人，那种情真意切的离愁，在茅盾的这篇《列那和吉地》里，写得让人牵肠挂肚缠绵委婉。茅盾写《列那和吉地》来表达对远离自己的儿女的思念，是无可争辩的事实，但记得有位前辈说茅盾写《列那和吉地》“也寄托了对自己的女儿不幸去世的哀思”，这就弄错了，因为写这篇小说时，茅盾女儿沈霞还在世，沈霞是1945年8月20日在延安去世的。所以，写这篇小说，是茅盾思念在延安的一双儿女。

1942年12月3日，茅盾携夫人孔德沚告别居住近9个月的桂林，在田汉儿子海男的陪同下离开桂林去重庆，“慷慨上征途”，开始他在雾都重庆的三年陪都生活。

（2012年）

茅盾与巴金夫妇的往事

一

应该说，茅盾在抗战前与巴金的来往，主要与文化生活出版社的事务有关。巴金 1935 年 8 月应友人吴朗西邀请，担任文化生活出版社总编辑。该社创办人吴朗西是茅盾熟悉的朋友，茅盾流亡日本时就认识，其夫人柳静是茅盾在商务印书馆同事柳普青的妹妹。另一个创办人伍禅，是茅盾的亲戚。所以，文化生活出版社创办初期，茅盾就将三年前在光华书局出版过的中篇小说《路》移交给文化生活出版社出版，表示支持。第二年，又将《印象·感想·回忆》交给文化生活出版社。茅盾 1936 年 9 月 4 日给巴金的信，谈及他在文化生活出版社的版税之事。这封信如下：

巴金兄：

前曾寄上一信，请写些短文，未知已收到否？文化生活社弟之版税现请就近交给孔另境，除由他面洽外，特此奉告。（以后也请就近交给他）

匆上即颂

日祺

弟 玄　九月四日

这是目前保留下来能见到的茅盾给巴金的最早的信。

两人真正在一起并肩共事，是上海“八一三事件”之后。第二天，即 1937 年 8 月 14 日，文化界朋友中午聚餐会上，大家群情振奋，倡议办一个短平快的刊物，以呼应当下的抗战热情，并推茅盾来担任这个小刊物的主编。当时，41 岁的茅盾充满激情，当天下午就拉了冯雪峰去找文化生活出版社总编辑巴金，商量出刊的具体事宜。茅盾记得，当时“巴金完全赞成办这样一个刊物”，还建议集资办刊。冯雪峰认为“这是个好办法”。同时还建议以《文学》《中流》《文丛》《译文》四家刊物同人的名义办刊，资金也由四个刊物同人自筹。茅盾还提出，大家写稿尽义务，不付稿酬。巴金、冯雪峰和茅盾商量，刊物名称叫《呐喊》，发刊词由茅盾写，三个人又议定分头找四个刊物主编商量，征求他们意见。第二天，巴金给茅盾打电话，告诉茅盾，征求意见的结果都赞成，建议16日召开同人会议。16日那天，茅盾、巴金约了王统照、黎烈文、靳以、黄源等4家刊物主编召开了第一次会议，讨论了编辑方针以及纸张、印刷等具体问题，并一致同意刊名叫《呐喊》。编辑人为茅盾，发行人为巴金。就这样，抗战将茅盾和巴金紧紧地联在一起。

很快，一个星期之后，即8月25日，一个抗战刊物在隆隆炮声中诞生了。这恐怕是在刊物出版史上筹备时间最紧迫的一个刊物。茅盾写了创刊献词《站上各自的岗位》，写了“本刊启事”，还写了文章《写于神圣的炮声中》。此时茅盾激情飞扬，用诗一样的文字号召人民起来抗日，他写道："中华民族开始怒吼了！中华民族的每一个儿女赶快从容不迫地站上各自的岗位吧！向前看！这有炮火，有血，有苦痛，有人类毁灭人类的悲剧；但在这炮火，这血，这苦痛，这悲剧之中，就有光明和快乐产生，中华民族的自由解放！"巴金也奋笔写了文章《一点感想》，讴歌中国人民面对死亡而团结："这一次全中国的人真的团结成一个整体了，我们把个人的一切全交出来维护这个'整体'的生存。"在《呐喊》的创刊号上，除了茅盾、巴金的文章外，郭源新、萧乾、王统照、靳以、黎烈文、黄源、胡风等都写了文章，阵容十分强大。

然而，当《呐喊》出版第二期后，就遭到租界巡捕房的查禁，后来经国民党中宣部部长邵力子协调，《呐喊》改名为《烽火》，重新登记后，才又在上海这个抗日前哨阵地发行。《烽火》第五期出版后，茅盾离开上海，去香港编辑《文艺阵地》。所以，《烽火》从第六期开始到第十二期，交给巴金主编。

随着抗战形势日益严峻，《烽火》于1937年11月21日在上海出版第十二期后就停刊了。第二年上半年，巴金到达广州。5月，《烽火》在广州复刊，编辑人改为巴金，发行人改为茅盾。实际工作都是巴金在做。茅盾晚年也说："其实，从十月份（指1937年10月）起，我暂时离开上海，《烽火》的实际主编就是巴金了；搬到广州出版后，我这个发行人更完全是挂名，因为那时我已在香港编《文艺阵地》了。"巴金在回忆茅盾时讲道："不久他离开上海，由我接替他的工作，我才发现他看过、采用的每篇稿件都用红笔批改得清清楚楚，而且不让一个笔画难辨的字留下来。我也出过刊物，编过丛书，从未这样仔细批稿，看到他移交的稿件，我只有钦佩，我才懂得做编辑并不是容易的事。"

二

新中国成立后，茅盾和巴金都担任了重要职务，所不同的是，茅盾的创作却因其担任文化部部长公务繁忙而基本停止，所以只是偶尔写些作品评论或序跋；而巴金依然能够深入生活，基本上没有停止创作。所以，二十世纪五六十年代人民文学出版社出版作家文集时，茅盾整理旧作，只印了一个十卷本《茅盾文集》，而巴金则出了一个十四卷本《巴金文集》。从中我们可以看出茅盾的无奈和巴金的勤奋。

那些年，茅盾居京城，巴金住上海，见面叙谈机会并不多。从现有资料看，茅盾与巴金在1960年本来有机会相聚，但因为事出意外，失去了这次相聚的机会。事情是这样的：茅盾在1960年9月间访问波兰，与波兰作家普特拉门特同机回到北京，普特拉门特专门来中国收集材料，计划写一部有关新中国发展变化的报告文学。对此，作为文化部部长的茅盾自然十分欢迎，所以两人相约，茅盾将到杭州专门接待陪同。当时，普特拉门特先生到北京后，先到广东，然后到杭州、上海访问。因此，茅盾决定先飞上海，再坐火车到杭州。所以， 10月12日，茅盾亲自写信给巴金，请他代办上海的住宿、接机，以及买去杭州的火车票等杂事。

巴金同志：

此次国庆期间，作协接待之外宾，以波

兰作协副主席、党组第一书记普忒拉曼特最为重要。普又是波党候补中委，在波兰为对我最友好者之一。九月间我访问波兰时，王大使谆嘱应重视普（他和夫人同来）此次访华，热烈接待。普夫妇定于本月廿六日，（由广州）到杭州，留二天半，则廿九日可到上海，在上海的日期请预先和文化局商量，务必保证重点，保证深透，使他们回去有充分材料可以写书。（普于一九五一年访问过一次，回去写了一本书；这次他商定再写一本，屡次对我谈到，并希望我们为他安排日程时以能回去写书为目标——即参观项目不多而每一项目内容丰富，看得深，看得透。）

我和普夫妇同机自华沙而莫斯科而北京，路上曾相约：如果他们参观广州之后在杭州休息浏览几天，我将奉陪。现在他们决定要到杭州，因而我也要到杭州一趟。我回国后精神一直不好（仍为失眠、不能用脑等等老病），也打算休养一下；我定于本月十九日乘班机飞沪，当天（如果可能）转车赴杭，待廿六日普夫妇到杭后再和他们同到上海。请为代购上海到杭州的火车票一张（十九日的）。但如果当天转车赴杭不可能，则只好在上海过一夜了，那就要请代定旅馆。如果十九日因气候关系不能起飞，那当然要顺延一天。日来北京天天晴，不知上海如何？穿什么衣服？夹衣乎棉衣？乞便中见示。匆匆

顺颂

健康

雁冰　十月十二日上午八时

信中的普忒拉曼特，今译普特拉门特（1910—1986）。茅盾信中向巴金详细介绍了他这次接待外宾的缘由，然后又详细交代买火车票、订宾馆等杂事，这些本来属于文化部办公厅或者秘书考虑并落实的琐碎事务，竟由茅盾这位共和国文化部部长亲自来托朋友办理。如此令人惊叹的清朗风气，在当年茅盾身上实实在在存在着。

还没有等到巴金回音，茅盾在10月15日又给巴金写一信，告诉航班及代定旅馆等等：

巴金同志：

十日函计已达览，现因十九日班机系下午起飞，到沪时已为傍晚（下午六点或七点），不便当天转车赴杭，我决定在沪停留一宿，二十日赴杭。因此，仍然要麻烦你们代定旅馆，并请派车至机场。近日天气不好，十九日班机临时如有变动，当再电告。匆匆顺颂

健康

沈雁冰　十月十五日上午

然而没想到，巴金已经在10月4日离开上海去成都了，所以这封信自然未能及时“达览”。幸好在《上海文学》当编辑的巴金夫人萧珊在上海，所以她收到茅盾写给巴金的信，便交给领导孔罗荪。萧珊在10月17日写给巴金的信中专门提到茅盾来信，说：“星期六茅盾有一信给你，谈的都是波兰作家普特拉曼特

夫妇的事，他十九日到上海，去杭州等普氏夫妇，廿九日一块儿来上海，我把这封信交给罗荪，请他处理，并代茅盾订票及旅馆。”幸而萧珊在上海，茅盾所托的买票、接机、找旅馆等都没有耽误。

10月19日，茅盾如期从北京飞上海，到上海已是晚上。第二天上午，巴金夫人萧珊和孔罗荪一起去看望茅盾，并在锦江饭店宴请，下午又陪同茅盾参观上海工业展览会，然后往火车站送行。萧珊在10月24日给巴金的信中详细说到茅盾在上海的情况。

茅盾10月20日到杭州后，外宾还没有到，所以他先在杭州视察文化工作，与杭州大学中文系师生座谈。26日至28日陪同外宾在杭州参观访问，其间，浙江省委宣传部部长金韬，省文化局副局长王顾明、许钦文，浙江美院党委书记陈陇等一起宴请招待茅盾和外宾。在杭州访问结束后，29日茅盾又陪同外宾坐火车到上海，在上海陪同外宾访问两天，然后回北京。在上海时，巴金夫人萧珊以《上海文学》杂志名义向茅盾约稿，希望茅盾为1961年的第一期《上海文学》写文章，茅盾欣然答允。萧珊在11月5日给巴金信中讲道："一月号茅盾许为我们写一篇评论，有你的小说和茅公的文艺评论，我们明年第一炮当能打响。"隔了三天，萧珊给茅盾去信，催促茅盾答应的评论文章。茅盾收到信后，立即回复，信如下：

萧珊同志并《上海文学》编辑部同志们：

十一月八日来示敬悉，流光如驶，返京后忽已两周。每念宿诺，中心如捣。然而常有半天的会议，以致常感疲劳，不能动笔。二十日转眼即到，料想彼时定然尚未写得什么；只好据实奉告，请赐鉴原。本月底或者下月初当勉力践诺。附旧时所摄照片一帧（中有两位小姑娘，不知哪位是令嫒？）照得太坏，当时所以不敢寄奉者正以其拙劣，兹既蒙询及，不敢藏拙。匆匆不多及，顺颂

健康

雁冰　十一月十三日上午

萧珊收到茅盾的信后，分别在 11 月 19 日和 12 月

7日又给茅盾写信，继续恳请茅盾给《上海文学》写稿。萧珊约稿的精神让人感动。茅盾收到萧珊12月7日来信后，立即复信，告知自己的近况：

萧珊同志：

上月十九日的信和本月七日的信都收到了，所以迟复者，只缘空手颇觉为难。一个月来，我经常生病——没有躺倒，然而每日发懒，没有精神，连书也看不进去，更不用说写文章了，欠了《人民文学》一篇也无法偿债。我不知道能不能赶上你们的一月号，如果实在赶不上，只好顺推了。您此次信上说的寄给我两个小姑娘的照片，我不曾收到，照例，即使信寄作协也不会遗失。匆复，顺颂

健康

雁冰　十二月十二日

后来，茅盾生病住进了医院。茅盾让秘书给萧珊写信，对未能践诺表示歉意。12月28日，萧珊在给

巴金的信中又道及茅盾的稿子事："茅公生病住院去了，他的秘书给我们一信，这样一来他的稿子又落空了。"言下之意，有些遗憾。然而，一年后，萧珊再次向茅盾约稿，茅盾收到后立刻回信：

萧珊同志：

十二月廿五日大函敬悉。时光如驶，忽又一年，长日忙乱，愧无建白。今年写作较少，精神不如去年；您所见的短文，大部为七八月间所记读书印象。今年比去年胖了些，但用脑则更不耐持久。因此之故，有系统性之长论文不能写了。那些小玩意，不值一笑。所以不敢渎投贵刊者，正以此故；而且久欠文债，其它刊物亦应一一清理也。暂时之间，尚无可以应命者，本赐谅鉴，至为感荷。匆此顺颂

新年快乐！

茅盾十二月卅日

巴金兄均此。小妹妹等问好。

这是茅盾“文革”前给巴金夫人萧珊最后的一封谈工作的信，从茅盾及时回信的状况看，茅盾虽然没有提供稿子，但是十分看重与巴金夫妇几十年的友谊的。“文革”开始后，茅盾、巴金销声匿迹，音讯全无。茅盾夫人孔德沚于1970年去世；而巴金夫人萧珊在“文革”开始后抑郁成疾，在1972年去世，年仅五十五岁。

三

“文革”后期，茅盾和巴金两位文坛巨匠，在寂寞中相互惦念、相互记挂。当时茅盾的表弟陈瑜清在浙江图书馆工作，他是“文革”中最早与茅盾有通信联系的亲戚之一。陈瑜清先生同时也是巴金年轻时的朋友，所以，从1973年开始，陈瑜清先生就将自己知道的茅盾情况，写信告诉巴金，将巴金的近况顺便通报给茅盾。陈瑜清先生为人厚道低调，在当时是大家所不注意的逍遥派。所以，当时天南地北的朋友都乐意向陈瑜清打听熟人的情况，在杭州的陈学昭、黄源，在上海的丰子恺、巴金等人的近况，陈瑜清了解以后，常常写信告诉表哥茅盾。1973年5月陈瑜清在给茅盾信中说及丰子恺、巴金的近况，茅盾在5月15日给陈瑜清信中，对听到他们的近况表示高兴，说："子恺、巴金近况，亦有人告知，闻皆健康，甚为庆慰。"同年6月，在杭州的黄源与巴金先生恢复通信联系后，将巴金夫人萧珊已经病故的消息告诉了陈瑜清，陈瑜清主动写信给巴金，表示问候，同时还把茅盾的情况告诉巴金。这一年8月，上海有传闻：茅盾住院了。巴金听到这个小道消息后就写信给陈瑜清，探询实情。后来陈瑜清向北京其他亲友了解情况后，给巴金写了一封长信，告知其茅盾近况，澄清了谣言；同时告诉巴金，茅盾十分关心巴金的近况，"听到过您夫人因病去世的消息，他曾一直想写信慰问，但提起笔来却有千言万语想说，可又不知从何说起。是那么老的朋友了，说些什么好呢？但愿您健康过日子！"陈瑜清向巴金转达茅盾的意思，这"意思"在那个年份足以让人动容。

不久，茅盾因气管炎而住院。到10月初才出院。

出院后立刻给表弟陈瑜清写信，信中提到巴金：“承蒙芾甘兄关注，甚感；惜不知其住址，仍请便中为我代谢。”估计陈瑜清将茅盾对巴金的感谢之意已经告诉巴金，而巴金在回陈瑜清信时也表达了自己的怀念之情。所以，茅盾在11月22日给陈瑜清的信中又有“芾甘兄怀念，至感，便中烦致意。日后拟直接和他通讯，惜前抄地址，一时又找不到了”等语。

很快，陈瑜清先生将上海巴金的通信地址告诉茅盾。1974年元旦之后，茅盾给巴金写信，恢复了中断多年的通信联系，信是1月7日写的，如下：

巴金兄：

从陈瑜清处得知近况，甚慰。承屡函瑜清关心我的近况，又甚感。嫂夫人逝世，想必哀悼过甚，但死者已矣，生者还是要活下去；我于七〇年春亦丧偶，初亦咄咄书空，近来渐淡，反觉得她那一身病（糖尿、肾炎、高血压等等），拖下去也是多痛苦而已。听

说您在翻译赫尔岑的作品，祝您成功。匆此

顺颂

敬礼！

沈雁冰　元月七日

东四头条五号

巴金接到茅盾的信，十分高兴，立刻复信，从写信日期看，当时巴金接信后半天都没有耽搁，立即回信，向茅盾简要叙述这几年来的经过。

雁冰先生：

来信收到，谢谢。看见您的笔迹，就像见到您本人，就像和您对谈一样。八年多来没有见到您，我靠边七年，最初什么消息都不知道，后来听到小道新闻，讲到您患这个病或那病，总不放心。去年我不靠边了，同瑜清通信时就向他打听您的消息，从他那里才知道您的一些真实情况，也曾把这些情况转告关心您的人。希望您多多保重身体。

萧珊病逝，对我是个大的打击。不过我还想得开，身体也还不错。最近开始翻译赫尔岑的《回忆录》。不过工作进行得很慢，每天只能译几百字，多年不搞这个工作了，有些生疏，可能以后会加快速度，否则如何能够译完这部大书？谢谢您的鼓励。匆复，祝好！

巴金　元月九日

巴金捧着老友的来信，百感交集，及时回信。几天后，他在给黎丁先生的信中，特地讲到茅盾来信，说：“沈老已有信来，讲到他的近况，看来他身心两方面都还不错，在这里有时听见人说他生这病或那病，都是些不可信的小道消息。我的确常写信向瑜清打听沈老的情况。”（巴金 1974 年 1 月 17 日致黎丁信）。黎丁当时是《光明日报》副刊编辑，也是茅盾、巴金共同的朋友，所以当时茅盾给黎丁信中，也专门告诉黎丁：“芾甘兄处，我早去信，他也有信来了。”

但是，两位文学巨匠之间刚刚接上的联系，又突然中断，茅盾虽然在给其他人的信中常常提及巴金，但1974年初两人互通音讯后一度中断联系，一直到1977年夏天才又恢复通信。

1977年7月5日，巴金在完成赫尔岑回忆录第一、二卷的翻译后，给茅盾写了一封信，简单讲一些这三年多的情况，最后是代女儿李小林向茅盾约稿。

雁冰先生：

三年没有给您写信了。但您的情况我经常知道，也常在报刊上看到您的大名，知道您精神都好，也很高兴。黎丁来谈起您叫他向我问好，沙汀来信说您告诉他我可能要出去旅行。对您的关心，我十分感谢。我最近身心都好，能翻译，也能写点文章。“四人帮”垮台，我头上那块大石头也搬走了，关了十年的房间和书橱也启封了，虽然是一样一样慢慢地在解决，但总算是在解决了，您上次答复罗荪的信他给我看了。看到您的手迹，我想起过去同您聚谈的日子。我这里有好些事，一时走动不了，不能去看您。因此想请您给我写几行字作为纪念，让我经常看见您的手迹，好像就在身旁听您谈话一样，还有一件事：我的女儿李小林现在杭州编辑《浙江文艺》，这是浙江省的刊物。他们将按期寄赠刊物给您，希望您给他们提点意见，倘使能给一篇稿子，那他们太高兴，太感谢了。

此致

敬礼！

巴金　七月五日

地址，上海武康路113号

接到7月5日巴金的信以后，茅盾立刻写了回信。

巴金同志：

手书敬悉，前闻人言，您要出来走走，现知暂时还离不开上海。此间多雨潮湿，气压低，不很舒服，您还是等到十、十一月来

会好些。而且盛传地震一周年前后，北京可能会有余震。嘱写字，缓日写就后再寄上。先此奉复，顺颂

健康！

雁冰　七月十一日

《浙江文艺》尚未收到。

此时，耄耋之年的茅盾，仍十分忙碌，各种会议，来访、来信，还有自己的回忆录正在紧张的撰写中，忙得应接不暇，但巴金来信求字的事，茅盾一直记着，1977年国庆节，茅盾将给巴金的字写好，10月3日，写了一封信，连同字一并寄给巴金：

巴金同志：

久不通信，但知近况佳胜，精神焕发，力疾写作，甚佩甚慰。嘱为《浙江文艺》写稿，但竟不知写什么好，亦且写不出什么。杂事甚多，来访者、来信者亦多，上门来的不好不见，来信（不识者）则只好一律不复了。委写之字，今始写得，

即寄上，字甚拙，聊作纪念耳。即颂

健康

雁冰　十月三日

巴金收到茅盾的信和书法作品后，十分欣喜，立即复信，表示感谢：

雁冰先生：

信收到，看见您的字就仿佛在您面前和您交谈一样，很高兴，也很感谢。我很喜欢您给我写的这一张字，词好，字也好。请您为《浙江文艺》写稿，是我女儿小林的要求。她月内就要去北京，希望在不妨碍您休息的情况下，予以接待。本月初我到过北京，但只住了一晚，是参加上海干部、群众赴京代表团瞻仰主席遗容的，完全按照所编小组集体行动，除纪念堂外什么地方也没有去，因此也没有能去看您，请原谅。

天气冷起来了，请保重身体。

祝好！

巴金　十月十六日

1979年3月，巴金到北京，在交道口南三条13号茅盾家里见到了多年不见的茅盾。两位在茅盾的书房里倾心而谈，留下了一张珍贵的照片。1981年3月27日，一代文学巨匠茅盾去世。两天后，巴金就写了纪念文章，深情回忆与茅盾的交往和友情。现在，茅盾离开我们已经三十多年，巴金离开我们也已经十余年，但两位都擅长写长篇巨制的文学巨匠留下的几千万字文学财富，是中华民族宝贵的文化精神遗产，世人将永远传承下去。

（2016年）

茅盾与茹志鹃

茅盾在评论《百合花》之前并不认识茹志鹃，在茅盾认识的人中，也没有人告诉茅盾，茹志鹃是谁。茅盾是读了1958年3月《延河》文艺杂志上的小说《百合花》后，才知道有个作家叫茹志鹃。同样，茅盾也只是觉得这篇小说风格清新俊逸，才写评论充分肯定这篇小说的。殊不知，因为茅盾的评论，已经蔫倒的“百合花”又焕发青春，让处在人生低谷的茹志鹃又振作起来，成长为新中国的著名作家。

茅盾的一篇评论，挽救了一个作家，成为当代文学史上的一段佳话。

《百合花》发表时，茹志鹃的丈夫在南京部队被打成“右派”，开除军籍，开除党籍。所以，这对18

岁就参加新四军、22 岁入党的年轻编辑茹志鹃来说，不啻是晴天霹雳，面对这样的逆境，茹志鹃感觉自己的人生已经掉入深渊，遑论一篇小说的发表与否，况且《百合花》也是经历了反复退稿才在《延河》上发表的。1958 年的春天，恰恰是“大跃进”的开始，各行各业，轰轰烈烈，文艺界也不例外，中国作家协会书记处给全国作家写信，发动全国的作家讨论文学工作如何实现“大跃进”，并且还组织讨论文学大跃进的条例草案，一派热气腾腾豪情万丈的局面！而茅盾作为文化部部长、作家协会的主席，也不得不参加作家协会组织的这些会议，不得不布置传达中央“大跃进”的精神！此后不久，甚至还参加作家协会组织的大炼钢铁大会战，亲自上阵砸锅子烧铁水，参加大办钢铁这样的荒唐事。

当茅盾读到《延河》文艺杂志 1958 年 3 月号上茹志鹃的小说《百合花》时，眼睛一亮，像在沙漠里突然发现了绿洲，非常欣喜！他 5 月 12 日读完《百合花》后说，“这是我最近读过的几十个短篇中间最使我满意，也最使我感动的一篇。它是结构谨严、没有闲笔的短篇小说”。茅盾在读过各地大量文艺杂志上发表的作品之后，专门写了《谈最近的短篇小说》一文，详细分析了丁仁堂的《嫩江风雪》、申蔚的《洼地青春》、王愿坚的《七根火柴》、勤耕的《进山》、绿岗的《忆》、管桦的《暴风雨之夜》和茹志鹃的《百合花》等短篇小说。其中，茅盾用相当的篇幅分析肯定和高度赞扬《百合花》，认为《百合花》在“结构上最细致严密，同时也最富于节奏感的”。连用两个“最”字来肯定《百合花》的结构和节奏感。至于人物形象，茅盾也给予高度评价：《百合花》里的“人物形象是由淡而浓，好比一个人迎面而来，越近越看得清，最后，不但让我们看清了他的外形，也看到了他的内心”。同时茅盾还充分肯定了茹志鹃《百合花》“清新、俊逸”的创作风格，称赞《百合花》在创作方法上“善于用前后呼应的手法布置作品的细节描写，其效果是通篇一气贯串，首尾灵活”。在“展开故事”和“塑造人物”两个方面，“尽量让读者通过故事发展的细节描写获得人物的印象；这些细节描写，安排得这样自然和巧妙，初看时不一定感觉到它的分量，可是后来他就嵌在我的脑子里，成为人物形象的有机部分，不但描出了人物风貌，也描出了人物的精神世界”。

当茹志鹃在1958年6月的《人民文学》上第一次读到茅盾的这些评价时，非常激动，说自己这个“已经蔫倒头的百合，重新滋润成长，一个失去信心的、疲惫的灵魂，又重新获得了勇气、希望。重新站立起来，而且立定了一个主意，不管今后的道路会有千难万险，我要走下去，我要挟着那小小的卷幅，走进那长长的文学行列中去”。茹志鹃的兴奋和决心是发自内心的。一个对前途一片茫然，对生活失去信心的年轻编辑，在心灰意冷的时候突然得到著名文学家的充分肯定，能不激动吗？

茅盾的《谈最近的短篇小说》发表一个月后，应出版社要求，将《谈最近的短篇小说》以及评论到的七个短篇小说编成一个小册子，由作家出版社在1958年7月出版。在这部书里面，编排上，茅盾格外青睐茹志鹃的《百合花》，作为殿后的小说，还写了《百合花附记》。看得出，小说《百合花》在茅盾心中的分量。但是，茅盾对当时茹志鹃看到他的评论时的激动和兴奋，却浑然不知，没有信息传递到茅盾那里。

1960年的秋天，茅盾因事到上海，茹志鹃所在的《文艺月报》社的领导叶以群告诉茹志鹃，茅盾先生来上海了，住在上海国际饭店，并专门安排茹志鹃去茅盾下榻的饭店见茅盾。第一次见到扶持自己的前辈，据茹志鹃回忆，当时兴奋得忘记了是哪个宾馆，而且见面后竟然没有话说，一路上想好的“诉说、讨教、感谢”，见了面，“最终，就连一句最普通的谢谢也没有说，就告别了”。这是当时茹志鹃见茅盾的真实场景。这里，茹志鹃回忆说是1960年的夏天，但是，笔者查了1960年的茅盾年谱，发现1960年，茅盾只有在去杭州迎接波兰作家协会副主席、党组第一书记普特拉门特先生时到过上海。具体说，茅盾于那年10月19日从北京坐飞机到上海，第二天他就坐火车到杭州，29日陪同客人又从杭州到上海，在上海待了几天，再回北京。离开上海时已经是11月初了。所以，估计茹志鹃第一次见到茅盾，就是在这次公务出差期间。可惜在茅盾1960年的日记中，没有记载。

两年以后，即1962年五六月间，也是一个春暖花开的季节，茅盾集中时间将全国1959年、1960年发表的上百篇小说读了一遍，以札记的形式写下了几万字的《读书杂记》。其中，茹志鹃又十分幸运，她的《春暖时节》《澄河边上》《如愿》《三走严庄》《阿舒》《同志之间》等六篇短篇小说进入文学巨匠茅盾的视野。茅盾对茹志鹃的这六篇小说每篇都有精辟的点评。这让茹志鹃又一次沉浸在兴奋之中！茅盾评《春暖时节》，认为茹志鹃“写静兰（女主角）思想发展的过程很细致”。“特点在于细腻地刻画了女主角的思想发展而不借助于先使矛盾尖锐化，然后讲道理，说服、打通思想等等通常惯用的手法”，肯定茹志鹃突破公式化的写作痼疾，已经有了自己的清新的写作特色；对小说《澄河边上》，充分肯定“《澄河边上》写自然环境、故事发展，都紧密相扣，前后呼应，既写戎马仓皇，也写宜人风物；全篇节奏有起有伏，而这一切只用了七千余字，笔墨之精炼即此可知”；对《如愿》，茅盾认为其中的主人公刻画得非常成功，出场时“有挺胸向前的气概”，所以在写作上有“爽朗凌厉”的感觉；对《三走严庄》，茅盾写了近千字的评论，认为“这篇小说的女主角是作者所写的女性中间最可爱也最可敬的一个”。茹志鹃“活画出一个娴静温柔但看得清、把得稳，时机到来时会破樊而出的一位青年妇女——收黎子”……我们知道，茅盾是描写时代女性的高手，塑造了一系列的现代女性形象。所以，茅盾的这些评论，自然给茹志鹃以极大的鼓舞。

1964年，是中国意识形态领域开始风起云涌的一年，也是茅盾极为郁闷和无奈的一年！茅盾在事实上已经成为文艺界批判的对象。1964年9月，一份《关于茅盾的一些文艺观点》的内部报告材料中，收集、罗列了茅盾从1957年到1964年之间对青年作家作品的评论观点，包括对茹志鹃作品的肯定和赞扬，变成茅盾宣传资产阶级文艺思想的罪证，认为茅盾对“那些所谓描写日常生活、思想内容不深厚、时代气息不浓，或者属于所谓‘清淡’‘轻巧’，内容单薄的一类作品，则总是不厌其烦地津津乐道，极口赞扬”。认为茅盾“以这种资产阶级的美学观点，作为评价一切作品的标准”。1964年9月的这份报告，估计茅盾当时不会看到，但茅盾在上半年就已经明显感觉到这种不正常的气氛，所以他在1964年5月写了《冰消春暖》的作品评论后，不再写评论文章，从此封笔十余年。

“文革”后，茅盾开始全身心地撰写回忆录。同时茅盾又活跃在中国的文坛上，参加一些社会活动和会议，过去多年没有联系的作家，也陆续联系上并且有了书信往来。所以，从1977年开始，80多岁的茅盾又成了文坛忙人。“文革”以后的中国，各行各业都是百废待兴，一种你追我赶的紧迫感弥漫在人们心头。茹志鹃的创作热情也同样十分高涨，创作了小说《剪辑错了的故事》，又将自己多年创作的作品进行整理，编了一部短篇小说集。小说集编好后，她想到曾经扶持过自己的茅盾先生，她想让茅盾为自己的这部小说集写个序并题写书名，留作纪念。1980年10月，茹志鹃给茅盾写了一封信，向茅盾提出了自己的请求。茅盾对茹志鹃的创作风格一向喜欢，而且印象深刻。所以，接到茹志鹃的信以后，茅盾立即在11月9日回信：

志鹃同志：

来信读悉。我将勉力为您的短篇集写一

篇序，并题书名。

来信所列各篇所发表的刊物名单，我想我这里大概都有。让我查一下，如有缺少，再请你补寄。

因为要读十几篇作品，然后能下笔写序，恐怕今年内写不成了。手头有回忆录写开了头，预计本月可以写完，然后再读您的作品，再写序（那倒一二天可成，主要是读作品花的时间多），大概要到明年一月内做完这些事。预先奉告，请勿着急。

匆匆即颂

健康

沈雁冰

十一月九日

当时的茅盾身体已经大不如前，而回忆录的写作工程量非常大，此时回忆录的写作才写到三十年代初，他这里讲的回忆录“本月可以写完”，估计是其中的某一节。茹志鹃收到茅盾的信以后，非常感动，立即回信：

沈先生：

回信敬悉，非常高兴。其实先生也不必每篇都看，给我写点嘱咐就可。我即将先生愿意为我写序，并题书名这一好消息，转去百花出版社，我想他们也会非常高兴的。

想到先生要花许多宝贵的时间来看拙作，内心甚感不安。时间放在明年一二月份都可以。

作品集内的一篇《三榜之前》是我给《人民文学》明年二月号女作家专辑写的，我当写信要他们把小样打出，即给先生送去。

谢谢了，太谢谢了。

祝

健康

茹志鹃

十一月十六日

然而，茅盾本来安排在 1981 年的一二月份完成的事，却在百忙中提前完成了。他将茹志鹃寄给他的十篇小说全部读了一遍，还像过去一样，为她的每篇小说写下了读书札记，三言两语，言简意赅。如对《家务事》，他认为写出“文革”时的“虚伪做作”；《儿女情》中的人物如尤梅“性格鲜明”，四五千字的短篇却写得“波涛起伏”，充分肯定茹志鹃的写作手法之经济。其他如《剪辑错了的故事》《一支古老的歌》《离不开你》《冰灯》《草原上的小路》等，每篇都有介绍和点评，总共写了近五千字的读书札记。此时已经是1980年的隆冬季节。紧接着，茅盾又腾出手来，用诗的语言为茹志鹃的小说集写序。茅盾开篇写道：

如在暑天，火伞高张，居斗室者挥汗如雨，坐立不安，忽然乌云蔽日，而闷热更甚；俄而狂风大作，电雷交加，沛然下雨，终于是倾盆大雨，刹那之间，暑气全消。正是人人都有过的经验。我以为小说也有像这样的。

又如静夜不眠，忽有箫声，自远而来，倾耳听之，箫声如小儿女絮语，又如百尺高楼，离人怀念远方的亲人，又如千军万马，自近而远。这不是人人经常都有，但偶然会有的经验。我以为小说也有像这样的。

……

茅盾用诗一样的语言写序，是他为他人作品作序中不多见的。他称茹志鹃的小说“就像是静夜箫声”，同时认为：“小说的风格倘近于静夜箫声，初读似觉平凡，再读则从平凡处显出不平凡了，三读以后则觉得深刻，我称这样的作品是耐咀嚼的，有回味的。”而茹志鹃的小说，就有这样的回味。这个序，茅盾写于 1980 年 12 月 10 日，说明茅盾在一个月不到的时间里，读了茹志鹃的十多篇小说，并且做了几千字的读书札记，写了文采斐然的序，又一次给予茹志鹃莫大的鼓励。当时茅盾为茹志鹃的小说集写好序后，又给茹志鹃写了一封信，连同写的序一起寄给她。至于他为写序而作的读书札记，茅盾生前没有发表，身后编入《茅盾全集》，才和世人见面。

茅盾在信中说：

志鹃同志：

委写之序，已经写好，奉上，请斟酌能不能用。至于取其中一篇之名为书名，我以为《冰灯》寓意深远，《红外曲》则指“四化”，尤其是老干部钻研科学。究用哪一个，请你自己斟酌罢。匆匆即颂

撰祺！

沈雁冰

十二月十五日

而茹志鹃收到茅盾如此高度评价的序言，自然十分欣喜，她立即给茅盾回信，表示感谢：

茅盾先生：

收到先生写的序，当即读了好几遍，鼓励多矣！我当作为一种鞭策，来努力达到先生所说的“静夜箫声”的意境。实在太感谢了。我当即奉出版社，并告诉他们先生所定的书的题名《冰灯》。《红外曲》是一篇报告文学，

所以还是《冰灯》好。

天气骤冷，望先生多多保重。再次感谢了。

致

敬礼

茹志鹃

十二月十五日

这里，茅盾来信的时间和茹志鹃回信的时间是同一天，为什么是在同一个时间？据茹志鹃回忆，她是在12月12日收到茅盾“写的序文及亲笔回信”的。所以，可能是茅盾的回信日期落款在手稿上打了提前量的缘故。

三个月以后，即1981年3月27日，茅盾逝世。茹志鹃十分悲痛，两天后写了一篇怀念茅盾的文章——《说迟了的话》，发自内心地感谢茅盾对她的无私提携，披露了因为茅盾的提携才改变自己命运的往事。1985年7月4日，乌镇茅盾故居开放，茹志鹃风尘仆仆到乌镇参加典礼，并与茅盾儿子韦韬先生见面，表达自己对茅公的怀念之情。

（2015年）

泰戈尔与茅盾昆仲

二十世纪二十年代，泰戈尔的访华引起了文化圈的一阵喧哗。无数人赞誉之，但也有人在一片狂热崇拜的气氛中保持着警觉，茅盾与其胞弟就在欢迎泰戈尔的同时，保有一分独到的清醒。在陆陆续续发表的文章中，茅盾提出“相对欢迎”的口号和理由：“我们也相对地欢迎泰戈尔。但是我们决不欢迎高唱东方文化的泰戈尔；也不欢迎创造了诗的灵的乐园，让我们底青年到里面去陶醉去冥想去慰安的泰戈尔；我们所欢迎的，是实行农民运动（虽然他底农民运动的方法是我们所反对的），高唱‘跟随着光明’的泰戈尔！”

一

1924年3月21日，泰戈尔从印度的加尔各答乘船出发，开始他的首次中国之行，4月12日，泰戈尔一行抵达上海，受到上海文学研究会、新月社等团体和知名人士的热烈欢迎，张君劢、郑振铎、徐志摩等亲自到码头欢迎这位巨匠。泰戈尔第一次到中国，且受到如此热烈的追捧和爱戴，他深深感受到中国人民的友谊。所以，他去各处演讲缅怀中印友谊的同时，也大力宣传他的"东方文化"，宣扬他的全人类相亲相爱的理想主义。泰戈尔这种为世界和平而奔波的精神泛爱的思想，引起当时中共中央以及一些年轻同志的警觉，茅盾晚年回忆，当时"泰戈尔的访华，使当时的一部分知识分子十分激动，也引起了中国共产党的注意，中央认为，需要在报刊上写文章，表明我们对泰戈尔这次访华的态度和希望"。于是茅盾与陈独秀、瞿秋白、沈泽民等，挥戈上阵，写出了在当时一片欢呼声中不一样的文章。其中，茅盾与其胞弟沈泽民分别在《民国日报》《觉悟》《学生杂志》《中国青年》上发表多篇文章，对泰戈尔的思想作了尖锐、深刻的批评和分析。

其实，茅盾的胞弟沈泽民在泰戈尔没有到访中国之前的1923年9月，就发表了《太戈尔之生涯与思想》一文，介绍泰戈尔生平与思想，从文章里也可以看出，当初沈泽民对泰戈尔是作了一番研究的。因为半年后泰戈尔将来中国访问，所以在舆论预热过程中，党组织已经注意到泰戈尔的泛爱主义思想会影响到中国知识界，所以党的青年理论家沈泽民首先发文介绍泰戈尔。

还在1923年下半年，泰戈尔将接受邀请来中国访问的消息传出以后，中国欢迎的舆论此起彼伏。中国文化知识界欢呼雀跃，郑振铎也是泰戈尔的支持者，他主持的《小说月报》出版《太戈尔号》上、下卷，郑振铎写了《欢迎太戈尔》，徐志摩写了《泰山日出》《太戈尔来华》《太戈尔来华的确期》；还有研究泰戈尔的如郑振铎的《太戈尔传》，王统照的《太戈尔的思想与其诗歌的表象》，周越然的《给我力量》，得一的《太戈尔家乘》，樊仲云的《音乐家的太戈尔》

等等。

1924年4月12日，泰戈尔一行如约乘热田丸到了上海汇山码头。自然，这是一次热烈的欢迎盛会，一些读者的热烈程度，有的到了崇拜得五体投地，也有的到了全盘接收泰戈尔思想的程度。年轻的徐志摩更是到了如醉如痴的程度，写信时称泰戈尔为“戈爹”，甚至因为陪着诺贝尔奖得主泰戈尔而激动得躲在海棠花下做了一个通宵的诗，激动得有些狂热了。

4月14日，泰戈尔在徐志摩、瞿菊农等人的陪伴下，到杭州西湖欣赏湖光山色。这一天，茅盾在《民国日报》副刊《觉悟》上发表《对于泰戈尔的希望》一文，表明自己崇敬但不迷信的立场，不指名地批评欢迎泰戈尔时的那种狂热，尤其是泰戈尔在中国内忧外患的时代里，高唱东方文化，在茅盾看来有点“诵五经退贼兵”的味道。他说：

我们也是敬重泰戈尔的：我们敬重他是一个人格洁白的诗人，我们敬重他是一个怜悯弱者，同情于被压迫人们的诗人；我们更敬重他是一个实行帮助农民的诗人；我们尤其敬重他是一个鼓励爱国精神，激起印度青年反抗英国帝国主义的诗人。

此时的茅盾不仅仅是一个青年编辑，而已经是一个加入中国共产党的革命者，年轻的茅盾向来对社会热点能够保持理性冷静的态度，不会成为某位明星狂热的粉丝。所以在这篇文章里，茅盾提出“相对欢迎”的口号和理由：

我们认为中国当此内忧外患交迫，处在两重压迫国外的帝国主义和国内的军阀专政之下的时候，唯一的出路是中华民族底国民革命。而要达到这目的的方法，亦惟有如吴稚晖先生所说的“人家用机关枪打来，我们也赶铸了机关枪打回去”，高谈东方文化实等于“诵五经退贼兵”！而且东方文化这个名词是否能成立，我们正怀疑得很。

这便是我们不欢迎高唱东方文化之泰戈

尔的理由。

我们又以为中国青年底思想本就太蹈空，行为本就太不切实，意志本就太脆弱，他们本就只想闭了眼睛任凭身坐荆棘而专求其所谓灵的乐园，希望躲在里头陶醉一会；我们极不赞成再从而变本加厉，把青年思想引到“空灵”一方面，再玩起什么“无所为而为”的把戏。

这便是我们不欢迎专造灵的乐园让我们底青年去陶醉之泰戈尔的理由。

二

茅盾这样冷静的批评是深刻的，也是中肯的。无疑是当时一片狂热崇拜中的一服清新剂。

泰戈尔到达北京，北京火车站鞭炮齐鸣，梁启超、蔡元培、胡适、蒋梦麟、梁漱溟、辜鸿铭、熊希龄、范源廉等各界名流到火车站热烈欢迎，泰戈尔这位世界大师，成为新派旧派争相攀附的一尊神，梁启超在欢迎泰戈尔时，将泰戈尔比作千年前的鸠摩罗什，着实让人肉麻。而年轻的徐志摩与泰戈尔“戈爹、戈爹”的亲热让其他年轻人感到浑身不自在。所以，当时鲁迅在一篇文章中说到泰戈尔访华，对这些现象很不以为然，说泰戈尔访华“像一大瓶好香水似地很熏上了几位先生以文气和玄气”。革命家陈独秀对泰戈尔来华宣扬东方文化有点恨恨不已。陈独秀在文章中说：“请不必多放莠言乱我思想界！泰戈尔！谢谢你罢，中国老少人妖已经多的不得了啊！”

泰戈尔在上海、北京演讲之后，茅盾发表了《太戈尔东方文化》一文，以轻松诙谐的笔调分别对泰戈尔宣扬东方文化提出批评。他说：“太戈尔在上海演讲的是《东方文化之危机》。这次讲演，他只反复警告中国人不该舍弃了自己可宝贵的文化去接受那无价值的丑恶的西方文化；究竟我们的可贵的东方文化是什么，他简直没有提起。他大声疾言西方式的工厂，把中国可爱的田野之美毁灭了；难道田野之美就是东方文化么？西方的‘望乡愁’的诗人，曾把丑恶的都市蚕食美丽的田野作为诗料，做了些很好的诗，可知田野之美亦西方所固有，太戈尔替我们痛惜的事，西方也已经发生过；如依太戈尔的话，便是西方本来也有东方文化而早被西方文化毁灭了，请问这话合理么？太戈尔又极力反对西方的组织、方法、能率、速……等等，难道这些东西真是毒蛇猛虎么？难道原始人的粗陋简单弛缓的生活真是人生的极则么？我觉得太戈尔在商务书馆图书资料大会堂的讲台上，的确做了一首很好的抒情诗，只可惜这首攻击西方文化拥护东方文化的抒情诗里，既不曾明白说出东方文化是什么，也没有指明什么是西方文化。”

至于茅盾称泰戈尔宣扬的“东方文化”因为没有实质内容，讥为“卖野人头”是“空空洞洞地咨嗟咏叹，弄他私人的狡狯”，显然已经有点青年革命家的激情了。

三

今天看来，当年茅盾的批评是深刻的说理的，那么茅盾胞弟沈泽民对来中国后的泰戈尔的批评则是尖锐的。他在《太戈尔与中国青年》一文中对泰戈尔的

“冥想”作了深入透彻地剖析，认为泰戈尔“不曾晓得思想与生活方式的关系”，还有“他根本抱定一个神的观念不肯丢开，以至误认精神可以脱离物质的条件而单独发展”。沈泽民继续写道：“我们可说太戈尔实是一个思想落后的人了，他是印度的一个顽固派。纵不是辜鸿铭、康有为一类老顽固，也必是印度的一个顽固派党的人物。太戈尔不是没有他的价值，他的诗是我所爱读的，他的小说也有他的魔力，他的散文可以卓然成立一派。他的人格也一定比梁启超、张君劢等辈高出万万。只是他的思想实在是中国青年前途的一大障碍。”这口气就有点陈独秀的味道了。显然，当时已全身心投入革命活动的沈泽民，锐利的文笔中，透出一个先进分子的思想。

泰戈尔 1924 年到北京至 2011 年已有八十多年的时间，世事沧桑，天翻地覆，在 2011 年纪念泰戈尔诞辰 150 周年的热潮中，与当年泰戈尔首次访华相比，多了一些理解多了一些理性，而对当年读者们的热烈的追捧文章，今天看来似乎有点像今天那些小青年崇拜文艺明星的狂热与执着，只不过当年崇拜的对象是真正的世界级大师，而崇拜者如徐志摩等都是知识界、文学界的翘楚。而当年挥笔批评泰戈尔访华时传播东方文化思想和访华时国内出现的种种现象的那些人，同样也不是等闲之辈，尤其今天重新研读茅盾兄弟俩在泰戈尔访华时发表的文章，虽然他们当年还只是二十多岁的年轻人，但是其文笔和思想比当年颂扬泰戈尔的那些文章更有传世价值。

（2012 年）

第二辑

社会转型时期的历史画卷

——纪念茅盾创作《霜叶红似二月花》70周年

一

茅盾创作《霜叶红似二月花》至今已经整整七十年了。七十年来，世界发生了翻天覆地的变化，社会世情也在发展中融合、分化，悄然发生巨变。但茅盾七十年前创作的《霜叶红似二月花》里描绘的五四运动前后的中国社会世情图，却依然闪耀出时代的光芒，弥久不褪，常读常新，连美国学者夏志清先生也不得不承认，《霜叶红似二月花》“其成就堪与《虹》和《蚀》最好的部分相比拟”。——虽然有贬《虹》的意味，但就《霜叶红似二月花》来说，夏先生是看到了它的不朽之处的。

《霜叶红似二月花》是茅盾1942年6—10月在广西桂林创作的。桂林是一个风景名胜众多、文化底蕴深厚的城市，但在1942年，茅盾却是在一个不如意的环境下创作这部作品的。首先，太平洋战争爆发，茅盾在党的组织下仓惶逃离一片炮火的香港，一路上昼伏夜行，近三个月下来，变得衣衫褴褛，狼狈不堪；其次是住房，这是茅盾此前生活中从未有过的差，一个八九平方米的小房间，接待来访、吃饭、写作、睡觉都在这个小房间里，烧饭则在门口过道上。茅盾刚走上社会时，在上海的“披屋”也比这个房间大些。再次，桂林的政治环境虽然较陪都重庆宽松，但毕竟与香港不一样，况且茅盾在香港刚刚写过《腐蚀》这样直接揭露国民党特务黑幕的小说，而国民党的态度却在未知之中，因此桂林的政治空气对茅盾来说，感觉与香港是不一样的。

但是，在简陋到不能再简陋的生活环境里，茅盾的创作思想依然广阔无垠，他在嘈杂的环境里写完《劫后拾遗》后又立即开始创作《霜叶红似二月花》，计划实现自己全景式描写中国社会的宏愿。他对自己为什么在桂林创作《霜叶红似二月花》，有一段回忆可以说明：

> 抗战前夕，我曾打算写一部从辛亥革命到五四运动前后的长篇小说，也因抗战爆发而未能实现。现在客居桂林，使我重新想起了那些“未竟的事业”。我想，既然许多当前的现实生活不能写，一九二七年大革命或许因其已成为历史，反倒引不起国民党图书检查官的注意。我在桂林是客人，许多社会活动可以不参加，这也给我静心写作的可能。于是我着手写《霜叶红似二月花》。

事情已经过去七十年，结合茅盾晚年的回忆和其创作的作品来看，茅盾当时写作《霜叶红似二月花》的动因，还是相当客观的。当时茅盾计划的全书规模不小，设想将中国二十世纪前半叶的政治经济社会作一个全景式的展示。可惜的是，茅盾只写了反映“五四”前后的《霜叶红似二月花》一部，其他的北伐战争，大革命失败以后的计划，最终成了遗憾。即使这样，《霜叶红似二月花》依然是茅盾创作长廊里的一部真正体现中国作风中国气派的杰作，是茅盾众多长篇小说中的经典之作。

二

在中国现代文学史上，茅盾创作《霜叶红似二月花》是一件值得纪念的事，这部长篇小说出版于 1943 年，当年就受到读者的热烈欢迎和充分肯定。桂林的《自学》杂志社和《广西日报》的副刊读者俱乐部于 1943 年 10 月 20 日下午在蜀腴川菜馆联合召开《霜叶红似二月花》出版座谈会，巴金、艾芜、田汉、安娥、孟超、林焕平、周钢鸣、洪遒、胡仲持、孙怀琮、黄药眠、韩北屏、灵株、司马文森、端木蕻良等参加。在座谈会上，这些茅盾同时代作家对作品的理解十分感性，认为这部小说是写新旧之间的矛盾和斗争，周钢鸣当着巴金的面，谈《霜叶红似二月花》里的张恂如这个人物“很像巴金先生的《家》中的觉新，是当时的一个典型”。灵株认为，茅盾“笔下魄力不小，看得出像《安娜·卡列尼娜》《战争与和平》的气魄”。孟超在座谈会上还透露，《霜叶红似二月花》还没有出版时，“就有人说像《红楼梦》”。孟超认为这部小说“如此大魄力，中国新小说尚少有”。座谈会还别出心裁地给已到重庆的茅盾发一个贺电，电文中讲道：“《霜叶红似二月花》第一部在桂林出版，同人等特于十月二十日举行座谈，共认先生此作，为抗战以来，文艺上巨大之收获……”这是《霜叶红似二月花》刚刚面世时的评价。其中一些元素诸如有《红楼梦》气息，描写新旧矛盾冲突，作者气魄宏大等等，为后来的评论所认可。向来严格的李长之先生在评论《霜叶红似二月花》时，同样认为这部长篇小说“有点像《红楼梦》，也有点像《北京人》”。田玉在评论中指出，“就作者的气魄来说，他的企图确实相当大，这《霜叶红似二月花》的第一部，仿佛像罗曼·罗兰的《约翰·克里斯朵夫》的第一部《清晨》。”公羊桓在一篇评论中对《霜叶红似二月花》的时代性给予高度评价，他说："从来没有看到过一本能像茅盾先生这样对中国近代史的了解如此深刻，对造成五四这个中国历史上空前的运动底因素描写得这样具体，场面这样伟大，人物这样众多的小说。"显然，小说刚出版不久，评论界已注意到小说反映的时代意义了。

总之，《霜叶红似二月花》出版后的两三年中，评论界已经奠定并肯定了这部小说的审美价值和认识价值，并给予高度评价。事隔六十多年后我们重读这部经典小说，除了认同当年评论界的批评外，我们还感受到这部作品蕴含的思想、艺术方面，还有不少新的信息，许多方面还有值得进一步发掘的必要。

三

我们知道，小说这种体裁的本质属性，就是通过它的故事性和叙述性进而塑造它的文学形象。通过解读，它让我们记忆复活。因此，在阅读优秀作品过程中，我们常常能够还原形象与生活文化的关系。通过细节还原，重建生活的历史记忆；通过思想还原，重建小说的社会文化价值。因此我们通过《霜叶红似二月花》的情节构成和茅盾的叙述方式，可以得到许多信息，这些信息能够有效地帮助我们更好地认识《霜叶红似二月花》的审美价值和历史价值。

茅盾在《霜叶红似二月花》里描写了一幅社会转型的世情图。20世纪初发轫于思想界的新文化运动，给中国社会转型带来深刻影响。这个时期，西方资本主义价值观与传统价值观的冲突，新文化新道德与旧文化旧道德的冲突，知识分子的觉醒与小农阶层的蒙昧的冲突，社会守旧与社会改良的冲突，解放了的爱情观与守旧的爱情观之间的冲突，贫穷与富裕，文明与愚昧，开放与守旧，在西方文明和新文化运动的裹挟中，故事在江浙一个县城的张府黄府赵府等几家百年望族之间相互明争暗斗中展开。社会在历史转型时期往往也都是各类矛盾的凸显期，新兴的资本家王伯申引进新的交通运输工具，开办惠利轮船公司，用小火轮取代千百年来一直缓慢地游弋在江南水乡的人工手摇的航船，从而使科技与传统之间发生矛盾。轮船的快速行驶，冲刷着千百年一直护卫着粮田的堤埂，危及农民的自然经济；王伯申家庭内部也不和谐，矛盾重重，儿子王民治、女儿王有容都是受新思想影响的知识分子，他们的价值观、人生观、爱情观与王伯申又完全不一样，他们想将废园平整后建一个网球场，并追求自由恋爱，对包办的恋爱持强烈抵触情绪。这又让新兴资本家王伯申感到十分困惑，王伯申在生意场上计谋多端，而在与儿女沟通上却黔驴技穷，一筹莫展，根本的原因是在社会转型时期价值观裂变。张婉卿和钱良材、黄和光、张恂如等一班年轻人有着基本相同的价值观，即想为社会为家庭做些有益的事，其中黄和光和张恂如都是上海法政学院毕业的。但各人的价值取向又各不相同，钱良材有舍小家为大家的善心和志向，张婉卿应酬各种各样的人情时洋溢着时代的智慧，既有传统的套路又有自圆其说的创新，左右逢源，新旧皆通，在张府黄府里始终是个能拿主意的人物；张恂如有新思想却没有新行动，常常在新旧矛盾中迟疑、徘徊，而黄和光曾经是个有思想的青年，但抽鸦片后阴阳颠倒，所谓宏大志向只有在幻想里了。

朱行健这个老绅缙，虽然年纪不小但仍沉浸在维新运动时期的科技救国的幻想里而不能自拔，弄那些自以为新玩意的化学试验，然而仍然是一个发霉的背时的老绅缙；但是家庭里义子朱竟新与独生女朱克成，无论价值观和为人都与朱行健完全不同，从而使朱家的气氛也始终无法和谐。总之，小说将时代定在转型时期，诸多矛盾汹涌而来，让小说中所有的人都置身于无法摆脱的社会矛盾之中，包括农民，都处在社会转型时期的矛盾漩涡里，经历着无法摆脱的痛苦及幻想。

《霜叶红似二月花》的时代纠结就是社会转型时期带来的，茅盾用他史诗性的大思路和大手笔，形象地描绘了五四前后江南富饶地区在历史转型时期矛盾冲突的巨幅画卷。细读这幅画卷，历经七十年的风霜雪雨依然光彩照人，其中的真谛恐怕就是作家真实地记录五四前后社会世情，准确把握社会转型时期矛盾冲突的表现形式。所以，今天重读《霜叶红似二月花》，依然满口余香，回味无穷。

《霜叶红似二月花》是以江南某乡镇县城为背景，描写新兴资本家与豪绅地主勾心斗角、相互倾轧，以及他们和农民的尖锐矛盾，将社会历史转型时期各色人等的心理矛盾、感情纠葛、利益冲突作了细腻充分、温润从容的描述。整个小说虽然只是第一部，刚开始铺垫，许多故事情节还没有展开，但已看到作品的布局十分严谨，场面十分宏大，情节铺展十分曲折复杂，文字语言典雅，有着《红楼梦》的气势和优美。这一切，正是得力于茅盾深厚的文学素养和对历史记忆还原的准确把握。

小说将故事放在一个江南水乡的县城和农村之间展开，尽管茅盾写作时卜居在桂林的陋室里，与江南小镇相距千里，但文化记忆历史记忆依然无法阻隔这种空间距离，让茅盾在写作《霜叶红似二月花》的过程中，沉浸在五四前后故乡的历史记忆里。今天我们打开这部小说，扑面而来的是茅盾故乡的气息，而这种气息通过几个家族的世谊与争斗表达出来，就洋溢着《红楼梦》的味道了。

首先，小说的县城与作家的故里乌镇相似。西大街、东大街等街名的原型似乎就是乌镇的格局，而“凤鸣楼”的原型来源于桐乡县城的古称，桐乡县城梧桐镇，相传凤凰来栖梧桐树，故名梧桐镇，县城有“凤鸣寺”等古刹，后又有商业延伸；而小说里那些私家花园，在五四前后已经破败，但从茅盾笔下描绘出来的，无论是黄府还是王伯申家里，隐隐约约都可以看出茅盾岳父家“庸园”的影子，小说中写到王伯申的儿子王民治怀着沮丧心情走进自家后花园时，看见“满目的萧条和衰黄，虽有几棵大树，却也奄奄毫无意趣”，“右首有一个斜坡，坡上那三间破房子在当初大概也颇擅藻缋之美罢。”据乌镇文史资料记载，乌镇的私家园林，历史上有60多处，其中清代建有14处，民国建有5处。在介绍茅盾岳父家的“庸园”时说道：“登上厅后假山高处，山上筑有三开间的‘人寿楼’，楼内悬有太史俞曲园手书‘花好月圆人寿’匾额。登楼眺望，全园景色尽收眼底。”而到五四前后，庸园早已败落荒芜，所以，“坡上那三间破房子”似乎与庸园内人造假山上的三开间“人寿楼”有点渊源。

通读《霜叶红似二月花》后发现，乌镇及相邻相近的市镇风貌都存储于茅盾的历史记忆里，桐乡县城、龙翔古寺、南浔近代史上的兴衰史等在《霜叶红似二月花》里随处可见其印痕，王伯申的轮船称“龙翔”号；当老太太在张府当着钱良材的面说钱家历史往事时，说：“我小时老听得人家说：四象八条牛。这是县里的大户。可是现在就只剩下你们家一头象了，别家都败的没个影踪了，可见钱家的祖德厚，将来还要发的。”这中间“四象八条牛”之说，源于乌镇邻镇南浔，晚清开始，南浔因做丝绸贸易日渐发达，同治前后，家产百万以上可称“象”，五十万至百万者称“牛”，三万至五十万喻为“狗”。到清末民初，这“四象”财产达到巅峰，都有上千万两以上。据史料称，清末民初，南浔镇上的所谓“四象”分别是刘、顾、张、庞。民间有所谓的“刘家的顶子，顾家的房子，张家的银子，庞家的面子”。据当时民间推测，当时“四象”的资财大致是：刘家二千万两，张家二千万两，庞家一千万两，顾家八百万两，至于称为“牛”的富户，在南浔有不少。而在茅盾的记忆里，这四象八牛显然是当时大户的指代，而移在老太太对钱家往事的回顾，恰恰是了无印痕，合情合理。而且有一股历史沧桑感。

其次，小说文本语言采用了不少乌镇一带地方习惯语言，这些语言的采用，读者没有感到突兀，更没有感到生涩。茅盾在他的许多作品尤其是以乌镇为背景的作品，这种情况十分明显。如《春蚕》等农村三部曲,《林家铺子》等作品里较多地采用地方习惯用语，而《蚀》三部曲中就相对少了许多，甚至极少流露出乌镇的语言风采。《霜叶红似二月花》语言中的乌镇元素却随处可见。如夏天身体不适称“疰夏”的说法，午睡叫作“打中觉”“腻得得”“尖裹裹”“远兜转”“大老官脾气” “端整”等等，都是有乌镇韵味的语言。从这些富有地方色彩的语言里，更加可以证实小说故事发生的背景。这种毋庸讳言的事实，反映了作家在创作过程中不断地还原历史记忆，还原转型时期的故乡记忆。这些记忆在作家小说创作中，显得优游从容，信手拈来又落实在恰到好处的语言环境里，让人物个性更加鲜明。

再次，小说里处处显露江南水乡的特征。在读到小说的一些风土人情的描写，让熟悉乌镇自然特征的人看来，这样的描写让人格外亲切。第六章开头写道：“婉小姐从钱家庄回来的第二天，闷热了整整一个上午的天气到午后二时左右忽然就变了疾风迅雷骤雨，片刻之间，就扫荡出一个清凉朗爽的乾坤来。”这短短的对自然天气的描写，完全符合真实的江南水乡的特征。每到夏天，江浙一带气温湿热，雨量充沛，阳光充足，几乎每天午后都要下一场雷阵雨，而且是午后。有时中午阳光灿烂，午后不知哪里飘来一堆乌云，顷刻间就是一场雷阵雨。这种天气现象，恐怕是乌镇一带常见的天气现象。而茅盾观察如此仔细，描写如此真实，很是难得；第十章里写到钱良材在回家的船里回忆自己离家时曾专门到河边观摩水情，“大概不至于太糟，离家的时候，河边的石步不是还剩三五级露在水面么？”这个细节也十分真实地反映了小说背景的地理特点和人们的行为习惯，发大水时，当地人常常跑到河边的河埠头观察水位上涨的情况，而水涨的参照物就是河埠的石级，当石级一级一级地被淹，说明水势上涨很快，而熟悉水势的当地人往往以淹没某几块石级，判断洪水上涨的程度，包括应采取哪些防洪措施。这些细节，只有生活在水乡并有过观察的人才能了解，茅盾在小说中描写洪涝灾害时随手拈来，可见作家对水乡细节的记忆十分深刻。其他如第十章里写钱良材坐船到钱家村途中，“小船在一株柳树下停泊了，两个船夫蹲在船梢上取出冷饭和咸菜，吃他们的所谓午餐了。”这个场景，如果没有江南水乡生活，无论如何写不到如此逼真的。过去在乌镇水乡，河道边上种植杨树柳树是很普遍的状况，因为杨树柳树不怕水淹，而且生长在水边的杨柳树特别茂盛，同时杨树柳树种植在河岸边，可以防止岸边堤岸塌陷，起到固堤作用。所以一些十年上百年的杨柳树长大后在河边可以遮蔽河面，而来往的船只可以在树荫下停泊休息，缆绳可以系在柳树枝上，十分方便，也是河面上十分理想的小憩场所。

最后，人物原型处处留有乌镇沈家、陈家、卢家等印痕，从而赋予浓厚的家族气息。在清末至民国初，乌镇的一些大户如雨后春笋一般冒出来，这些大户人家其实都是一些实业、商贸等领域的成功人士，这些乌镇人在老家便逐步成为地方上的绅缙，成为一方名流。这些富户人家无论公子少爷还是老祖母老夫人，在良好的环境里成为富有教养或很有商场心机的人物，有时尔虞我诈，有时为争公益地位绞尽脑汁，有时也乐善好施，这方面的形象素材在茅盾的生活里积累不少。据地方志记载，乌镇徐府发迹后，徐太夫人祝寿时送礼很多，徐家人将这些寿礼悉数捐献，作为修建乌镇古迹分水墩的费用。

乌镇大户人家各色人等的举止和音容笑貌，在茅盾的记忆里应该十分深刻。茅盾外祖父家曾经是充满书卷气的中医世家，家里长幼有序，言谈举止，得体乖巧；而茅盾的女性长辈里，包括其母亲陈爱珠、舅母陈宝珠、外祖母钱氏、祖母高氏，以及外祖父家亲族里的女性长辈和小姐们，茅盾并不陌生，那种年轻人的理想、哀怨、愤世等也让茅盾耳熟能详。如果我们先读茅盾的回忆录《我走过的道路》，再读《霜时红似二月花》，就会发现在人物形象塑造上，有许多内在联系，包括小说里许多高厅大屋，曲径长廊，假山小园，都可以在乌镇和茅盾回忆录里寻到影子。

大凡社会历史转型时期,都是财富相对丰富时期。茅盾小说里对一些资本家、地主等大户的描述，非常富有，吃的是燕窝，穿的用的，有传统的也有进口的，十分时尚。所以，读《霜叶红似二月花》，其中某些章节和段落就会感觉在读一部“五四”运动前的《红楼梦》，其中的人物言谈举止，出场的环境烘托，器皿的摆设，园林的布局等等极有《红楼梦》的风韵，让人读来感觉文字从容温润，细腻委婉，雍容华丽。所以，在这样的物质背景里，《霜叶红似二月花》的艺术魅力和历史价值显然就有它的独特之处。

这部反映社会历史转型时期的长篇小说，在结构上因为是系列长篇的缘故，在章节的结构布局上留下了许多线索和发展空间，而且在谋篇布局上颇具匠心。比如第二章专门写茶室，将需要引出的人物在茶室这个小空间里推出，将轮船公司与善堂善款等矛盾焦点，不经意间勾勒了出来，读者感觉这个平静而富饶的小县城里还充满着火药味。而后来发展证明矛盾焦点和斗争，就是第二章中引出的矛盾的延伸。第三章里作者从从容容地介绍张家，侧面写到胡家，字里行间，温文尔雅。而第四章集中写黄和光、张婉卿夫妇之间的私事。写得缠绵哀怨，写婉小姐的干练又不落痕迹；第五章专门着墨在赵家复杂的人际关系上，轻松地用

“进去聊一会”拉开赵家的面纱。总之，这种一树千枝的结构设计，后面的情节故事就有可能风起云涌，叙事空间十分宽阔。应该说，在社会转型期里，人的行为、思想，人的心态往往变化得更有故事。所以，茅盾能在桂林的陋室回忆五四前后故乡风云变幻，在逼仄斗室里写出历史转型时期的时代风云。

四

茅盾创作《霜叶红似二月花》给我们后人留下了宝贵的经验，许多方面值得去探寻和总结。

一方面，是作家内心的思考要站在历史高处，才能把握历史规律。作为一个有时代使命感的作家，用文学记录中国二十世纪波澜壮阔的时代风云，成为茅盾文学创作中的自觉追求。1927 年北伐革命因为革命阵营内部的分裂而告失败，沈雁冰奉命离开武汉去南昌参加武装起义，后因路阻困在庐山，失去了继续在革命漩涡里奋斗的时机。无奈的沈雁冰在一片白色恐怖中化名茅盾，在上海创作反映刚刚过去的大革命时代的那些事件和人们，这就是后来将《幻灭》《动摇》《追求》三部曲合集的《蚀》！《蚀》记录了一段血与火的历史，茅盾的史诗性创作大幕由此而拉开。三十年代初，茅盾研究了中国社会的发展现状，创作了中国现代文学史上享有崇高地位的长篇小说《子夜》。这部小说全面、形象地反映了三十年代中国社会状况，所以，无论是研究中国文学史，还是研究中国现代社会发展史，《子夜》是绕不过去的一个文本；与之相配套的，是茅盾的《春蚕》《秋收》《残冬》农村三部曲和《林家铺子》。如果我们将《子夜》和这几个短篇小说连缀起来研究，可以看到三十年代中国的都市、乡镇的社会基本现状——所以今天我们重读《子夜》等小说，仿佛回到二十世纪三十年代初的社会里。抗日战争爆发之后，茅盾又敏锐地审时度势，及时以自己擅长的笔调，从经济角度切入描述社会的优势，写出了《你往那里跑》等抗战文学作品，定格那一个年代的中国面貌。至此，茅盾创作的史诗情怀让他站在时代的高度、历史的高度审视自己的作品，计划中写一部从五四运动到1927年大革命这一大变动时期的长篇小说就是茅盾站在历史高度思考的结果。《霜叶红似二月花》是第一部。因为后来人事变迁，茅盾未能完成全部创作，晚年本来想续写，但力不从心，只留下了一个大纲和片段。现在看，茅盾在经历了时代的巨变之后，依然能站在时代的高度审视历史，把握社会历史发展规律，才写出《霜叶红似二月花》，这正是他宝贵的创作经验。

另一方面，是茅盾的创作根植于生活。在茅盾的反映时代风云的小说如《蚀》《子夜》《林家铺子》以及今天我们纪念的《霜叶红似二月花》，都洋溢着作家的生活气息，处处透出作家对生活的观察、思考和感受。《霜叶红似二月花》里，茅盾调动起所有的生活积累，耳闻的、眼见的，少年时代所见所闻，客居上海时回乡见闻，报章杂志反映的事件故事，都在作家视野和观照之下。因而小说中洋溢着浓郁的历史生活气息，人物性格语言极富地方特色，给人强烈的时代感。茅盾在晚年的续写中，依然不改忠实于生活这个宗旨，从续篇中可以看出，张婉卿身上的文才和智慧，理家的能力有着太多的茅盾母亲陈爱珠的影子，连当年茅盾父亲去世后陈爱珠撰写的挽联内容，在续篇提纲里都用上了，如婉小姐高吟“雹碎春红”等句。在小说续稿十五章大纲片段里，婉小姐处理家产的魄力明显源于其母亲治家的往事。茅盾晚年回忆自己读湖州中学时，曾写过一篇作文，叫“记梦”，其中讲到自己回到乌镇外祖母家里，年轻漂亮贤惠的舅母陈宝珠带着他到厢房里，指着墙上挂着的沈南苹花鸟小立轴旁边的对联要考考茅盾，上联是“万事福兮祸所伏”，下联是“百年力与命相持”。当时读中学时构思的一个梦中的情境，竟然在茅盾晚年续写《霜叶红似二月花》中描写“偕隐轩”中重新出现：“小轩落成，婉卿题名，和光书额，时在×年仲春既望。横额下是一幅吴昌硕的六尺中堂，画的棕竹，配着一副对联：‘万事福为祸所依，百年力与命相持’，上款是：偕隐轩落成补壁，下款是：婉卿试笔。”可见茅盾的少年生活对创作《霜叶红似二月花》的影响十分深刻。而续写的提纲、片段里，写到日本、写到海上男女同行，写到蒋介石“四一二”屠杀，对茅盾来说，都有生活经历。因此，从1942年写就的第一部《霜叶红似二月花》到茅盾晚年的续写提纲，都是有深厚生活作基础的，也正因为这样，《霜叶红似二月花》才经得起历史、时间的检验，在文学宝库里依然光彩照人。

《霜叶红似二月花》创作至今已 70 年，70 年来中国大地发生了许多惊天动地的大事，世事沧桑，历史的车轮滚滚向前。但茅盾笔下的史诗风云，和人物在历史转型时期的喜怒哀乐、音容笑貌，却永远定格在字里行间。相信未来的历史学家、文艺评论家和读者依然可以在茅盾的《霜叶红似二月花》里看到一个 20 世纪 20 年代前后的江南小县城的真实风貌。尽管茅盾在 1942 年写作时条件简陋，生活艰苦，但他依然忠实地描绘了一幅中国社会转型时期的历史画卷。

（2012 年）

茅盾在日本的遭遇和创作

近日读二十世纪二十年代茅盾流亡日本时期创作的作品和有关史料，忽然发现，有些现象很耐人寻味。比如，一个人风风光光、顺风顺水时，恐怕也是一事无成的时候；而一个人受到排挤、四面楚歌甚至流亡他乡时，恐怕也是他特别有作为出成果的时候。二十世纪二十年代茅盾流亡日本时的情形，就有这样的意味。

1928 年的酷暑里，32 岁的茅盾在上海隐居近一年后化名方保宗，与 24 岁的革命女性秦德君一起，流亡日本。然而，从茅盾踏上开往日本神户的轮船的那一刻开始，对茅盾的指责、诟病乃至谩骂就开始了，而且家庭矛盾也因此而起。

茅盾到东京后，在日本的党组织曾向上海的中共中央写信汇报工作时，曾专门请示应如何与茅盾联络。1928 年 10 月 9 日，中共中央在给东京市委复信时，其中有一条，专门告诉东京的党组织，“沈雁冰过去是一同志，但已脱离党的生活一年余，如他现在仍表现得好，要求恢复党的生活时，你们可斟酌情况，经过从新介绍的手续，允其恢复党籍”。然而收到中共中央回函指示的东京市委后来却没有半点动作，既不转达，也不与茅盾联系，竟权当没有这个复函一样。那么，是不是当时这个函没有发出去呢？还是日本的党组织没有收到呢？或者收到后组织已经没有办法开展工作了？这些都有可能。据党史专家张魁堂介绍，茅盾去世后，他曾专门作过调研，1982 年还专门函询旅居加拿大的当年中共东京市委书记李德馨，也访问过当时在东京的黄鼎臣，他们都说没有收到这个函。黄鼎臣先生是与茅盾同时代人，他 1921 年去日本留学，1927 年参加革命工作，1928 年任中共东京特别支部领导的“反日大同盟”组织委员会主任委员，因开展爱国反日活动被日本警视厅拘留并被遣送回国。估计，中央给中共东京市委的复函时，黄鼎臣可能被警视厅抓走了，或许已遣送回国了，如此，自顾不暇的东京的共产党员们，自然不清楚中共中央的来函了。如今，这个函件底稿默默地存放在中共党史的档案里。

其实，茅盾真正离开党组织，是在去日本以后。猜想起来，因为当时中央认为已经发函把中央的意思告诉了东京，而东京没有回音，显然是茅盾在东京表现一般，没有为东京党组织所接受，所以，即使茅盾回国以后也不再与他联系，是在情理之中了。

尽管茅盾在日本没有做对不起党的事，但他感到党组织已经远离他了，其内心的孤单和无奈可想而知。作为一个有信仰的人，这种飘零感其实是一种炼狱般的磨砺。

正因为有这种空虚和飘零的无助，32 岁的茅盾和 24 岁的秦德君漂洋过海同路到岛国。一路上，秦德君表达出来的感情上的孤独和政治上的失落，尤其是政治上那种相怜相惜，让茅盾与秦德君内心情感涟漪不断。到东京后，茅盾与秦德君一个埋头写《从牯岭到东京》，一个去日本语言学校读书，但其间两人仍有来往，感情不断升温，1928年12月，当两人一起离开东京迁居京都后，便同居了。这在日本的熟人间都是公开的秘密，当年同在日本的一些熟人，如同济大学教授钱青先生和茅盾表弟陈瑜清先生，二十世纪八十年代都曾与笔者谈起过茅盾与秦德君同居这件事，钱青先生还给笔者看当年茅盾与秦德君在日本时的合影。这种同为天涯沦落人的同居，在异国他乡，算不上离经叛道。但当这件事传到国内，传到茅盾家里时，却掀起轩然大波，茅盾母亲陈爱珠的焦虑、夫人孔德沚的愤怒、儿女的期盼、家庭的纠结以及各种各样的疾病，让茅盾在日本根本无法安心。

在茅盾与秦德君没有同居的东京时代，茅盾写了《从牯岭到东京》一文，对创造社傅克兴他们对《蚀》的指责予以反击。茅盾在这篇文章里，首先自白：“我曾在热心地——虽然无效地而且很受误会和反对，鼓吹过左拉的自然主义，可是到我自己来试作小说的时候，我却更近于托尔斯泰了。……我是真实地去生活、经验了动乱中国的最复杂的人生的一幕，终于感得了幻灭的悲哀，人生的矛盾，在消沉的心情下，孤寂的生活中，而尚受生活执着的支配，想要以我的生命力的余烬从别方面在这迷乱灰色的人生内发一星微光，于是我就开始创作了。”茅盾还说：“我是用了‘追忆’的气氛去写《幻灭》和《动摇》；我只注意一点，不把个人的主观混进去，并且要使《幻灭》和《动摇》中的人物对于革命的感应是合于当时的客观情形。”茅盾还用相当篇幅回顾三部曲的命名及写作时的真实心情，也对作品中的人物进行反思，承认自己那时“有点幻灭”，但写作品是客观的“时代描写”。他说：“我只写一九二七年夏秋之交一般人对于革命的幻灭；在以前，一般人对于革命多少存点幻想，但在那时却幻灭了；革命未到的时候，是多少渴望，将到的时候是如何的兴奋，仿佛明天就是黄金世界，可是明天来了，并且过去了，后来也过去了，大后天也过去了，一切理想中的幸福都成了废票，而新的痛苦却一点点加上来了，那时候每个人心里都不禁叹一口气：‘哦，原来是这么一回事！’这就来了幻灭。”而《动摇》，茅盾认为，“所描写的就是动摇，革命斗争剧烈时从事革命工作者的动摇”。

然而，茅盾回顾自己小说创作时的心路自然大家无话可说，而且即使八十年后的今天说来，依然能感到年轻茅盾的态度是坦诚和真诚的，对时代的剖析是深刻的。但是茅盾在《从牯岭到东京》中笔锋一转，最后部分落笔在对创造社及新兴起的革命文艺进行抨击，直抒自己“对于国内文坛的意见”，并用揶揄的口气，指出一些革命作家写的革命文艺却不受无产阶级欢迎的事实，批评那些革命文艺工作者是“有革命热情而忽略于文艺的本质，或把文艺也视为宣传工具——狭义的——或虽无此忽略与成见而缺乏了文艺素养的人们，是会不知不觉走上了这条路的”。同时，茅盾又批评革命文艺的作家忘了自己的读者对象，认为，“为‘革命文艺’前途计，第一要务在使它从青年学生中间出来走入小资产阶级群众，在这小资产阶级中植立了脚跟。而要达到此点，应该先把题材转移到小商人、中小农等等的生活。不要太多的新名词，不要欧化的句法，不要新思想的说教似的宣传，只要质朴有力的抓住了小资产阶级生活的核心的描写”。文章中，茅盾大声疾呼，新文艺的读者要从青年学生推广到小资产阶级的市民。

茅盾这篇文章写于1928年7月16日，他刚刚到日本东京，后来寄回国内，发表在10月18日的《小说月报》上。文章一发表立刻引起上海文坛的轰动，遭到创造社、太阳社一些文艺批评家猛烈抨击。钱杏邨在《从东京回到武汉》一文中，尖锐地批评茅盾说："自从1927年政治上有了最后一次的变化以后，我们的茅盾先生便一变几年来的革命运动的精神，而大做其幻灭运动。在矛盾、幻灭、动摇、追求的当中，他对自己以前所信仰的革命起了怀疑，消极幻灭起来。"所以，钱杏邨说："我们统观茅盾先生的前后，他所有的只是一种缠绵幽怨的激昂愤发，他所有的只是迷乱灰色的人生，他所有的只是悲观的基调与一片灰色的前途。"然后，他分"标语口号、文艺宣传、留声机器""文艺对象""新写实主义"问题等等进行批评。最后的结论是"茅盾先生走入歧途已经不成问题"。署名克兴写于1928年11月13日的《小资产阶级文艺理论之谬误——评茅盾君底〈从牯岭到东京〉》一文，尤为尖锐激烈。他认为从《幻灭》《动摇》

到《从牯岭到东京》，茅盾已站在小资产阶级立场上了，至于《动摇》这篇小说“除却暴露了他自身机会主义的动摇外，是没有什么意义的”，“它的动摇纯然是动摇，资产阶级底意识完全支配了全作品”。文章作者还用调侃语言反击茅盾对标语口号的革命文学的批评，克兴说：“难道茅先生的作品就没有口号么？幻灭、动摇、追求就是先生的三大口号！第一个就是向读者叫道，革命幻灭了！第二个就是：大家动摇起来！第三个就是：小资产阶级大家追求自己阶级的利益哪！”此外，克兴还批评茅盾关于作品的读者对象问题、文艺技巧问题的言论，话语之间火力颇猛！自然，这是自以为代表无产阶级的革命文艺家对在日本的茅盾的严厉批评。此外还有钱杏邨的《批评与分析》、虚白的《文艺的新路——读了茅盾的〈从牯岭到东京〉之后》、潘梓年的《到了东京的茅盾》、李初梨的《对于所谓“小资产阶级革命文学”底抬头，普罗列塔利亚文学应该防御自己》等批评文章，一时刀光剑影，令身在异国他乡的茅盾不寒而栗。直到晚年，他说：“《从牯岭到东京》引来了太阳社和创造社的朋友们的围攻。他们异口同声说我是小资产阶级的代言人，要树立小资产阶级的文艺。”不过，对太阳社和创造社的朋友上纲上线的批评，茅盾晚年回忆当时情景时，只用“实在古怪”四个字一笑了之！但是，在当时信息不畅消息相对闭塞的情况下，创造社、太阳社这些文艺评论家们在媒体上对茅盾的公开批评，会不会直接影响当时党组织对茅盾政治立场、政治态度的认知？这些上纲上线的大帽子会不会让党内同志觉得亲近茅盾是一种危险，从而变得疏远起来？今天我们重读这些批评文字，忽然悟到，这会不会是茅盾当初一直想重返党内而不能的直接原因之一？

如果我们打开茅盾那时真实的生活场景，就会发现，30余岁的茅盾可谓风波不断，烦恼一个接一个，文坛朋友们的诟病和攻击、无法回到党组织、家庭矛盾的无法调和，让茅盾处在一种无奈无助的一堆矛盾里，如果心智脆弱一点，恐怕此时的茅盾大概已到心力交瘁而崩溃的程度。然而，在如此烦杂的心绪里，如此无助的地方，茅盾竟然写出了不少优秀的可以传世的小说和散文。

在日本是是非非的日子里，茅盾创作了长篇小说《虹》，塑造一个娇生惯养的小姐发展成为反抗侮辱、压迫，走上革命道路的光彩照人的革命者形象。当时在京都幽静的住处里，度过1929年的樱花烂漫的春天，茅盾本来想写完《虹》以后，紧接着《虹》的人物和故事，写一部姐妹篇《霞》，可惜后来人事变迁，茅盾回国了，《霞》胎死腹中，没有动笔即夭折了。

在日本，茅盾除了一部长篇小说外，还写了一系列有滋有味的散文和短篇小说：《自杀》《一个女性》《诗与散文》《叩门》《雾》《买豆腐的哨子》《红叶》《色盲》《昙》《泥泞》《速写一》《速写二》《风化》《邻一》《邻二》《樱花 》《爱与诗》《陀螺》等等，其中创作了七个短篇小说。这些在一片批评声中写出来的散文、小说，却写得文采斐然、清新隽永，许多日本风俗，如浴室的习惯，在茅盾笔下也变得富有诗意。他自己晚年回忆时还有些自得："《速写一》和《速写二》都是所谓散文，即是用优美、细致的笔法记述平凡的事，《速写二》因有阴阳镜而更增缠绵回荡的气氛。"茅盾与秦德君、杨贤江夫妇一起去京都郊外赏红叶，后来茅盾写了散文《红叶》，以纪念这次游玩。杨贤江比茅盾大一岁，浙江慈溪人，1922年加入中国共产党，1927年冬流亡日本，担任留日学生中共组织的负责人。1929年春天樱花盛开的时候，茅盾偕秦德君一同去岚山赏樱花，在茅盾的记忆里："山边有宽阔的湖泊一样的水。大大小小的游船也不少。我们雇了一条大的，在指定的水路中来回走了两趟，回程是挨着山脚走，看见有一条小船蜗牛似的贴在山壁的一块突出的岩石下，船里人很悠闲地吹着口琴。烦渴中喝了水那样的快感立刻凝成一句话，在我心头掠过：岚山毕竟还不差，只是何必樱花节呵！"

现在看，茅盾在日本心烦意乱的环境中创作的那些优美的散文里，还留有他许多思乡的印痕。他在日本浴场洗澡，看到水中男女倒影，想起故乡传统中的阴阳镜；他在赏红叶时，看到掷在湖面上的白泥烧成的小圆片"削水片"，立刻想起小时候在家乡的游玩，"所谓'削水片'是用小而薄的瓦片（并非特制，我的家乡屋顶都用此种瓦片）在河边向水面平掠过去，臂力好而又有经验的人，能使瓦片在水面跳跃而去，好像鱼的跳跃；瓦片跳跃次数多至七八次者算是削水片的好手”。而茅盾在日本写的小说，包括《虹》在内，写的也都是国内时代世情，可见茅盾依然有忘不了的故国情。

当时，茅盾一方面拼命写作，以稿费来维持与秦德君两人在日本的开销，另一方面还要时不时反击一下国内那帮朋友对他的攻击。其实，当时创造社、太阳社那些朋友在国内的日子也不好过，国民党新政权对革命人士的迫害从没有停止过。茅盾还在日本时，太阳社被解散、创造社的出版部被查封等等，这些，让那些自称为革命作家的年轻人对茅盾抱有更加不敬不屑的情绪，甚至对茅盾的《幻灭》《动摇》《追求》的创作及一些答辩式文章耿耿于怀。顾仲彝在《新月》上对茅盾在日本写的小说集《野蔷薇》提出批评说，“茅盾君觉得什么都是失望，什么都是幻灭”，“这种思想对于彷徨失所的一般中国青年们，恐怕太危险了，恐怕真的会使他们‘绝望’‘愤激’‘报复’而至于‘堕落’‘自杀’”。

面对国内那些汹汹然的指责、连骂带批评的文章，茅盾虽然受到困扰，但依然勤奋地写作着，从其回忆录里可以得知，在日本的茅盾除了写小说、散文外，还倾注了大量心血，研究神话，研究西洋文学，出版了《神话 ABC》等等，他之所以写这些与时事关系不大的东西，今天看，除了稿费外，用茅盾自己的话来说，还有“因为动辄得咎，我只好写一点绝不惹起风波的东西”。国内朋友的严厉批评、与秦德君的同居而引起的家庭矛盾等等这些烦恼和不快之中，茅盾竟仍然创作了那么多的优秀的小说，写了那么多的评论文章，不安宁不安逸的生活，茅盾竟能如此优质多产，我们突然发现这竟是茅盾在日本的一个悖论。这个悖论证明，优秀作品问世，与生活是否富裕无关，与周围环境是否优美也无关，关键是作家内心是否有一个自由广阔的空间。

终于，“岛国冬长，晨起浓雾闯牖，入夜冻雨打檐，西风半劲时，乃有远寺钟声，苦相逼拶，抱火钵打瞌睡而已，更无何等兴感。”流亡二十个月之后，茅盾携秦德君返回上海，然后分手，留下了秦女士一生的怨恨。据说，当时茅盾带秦德君回家，在茅盾母亲陈爱珠的安排下，孔德沚与秦德君在自己家里见了面。当时孔德沚还关照女儿和儿子见到秦德君时要有礼貌，所以刚见面时，七八岁的儿子沈霜还客气地向秦女士鞠了一个躬，而已懂事的女儿沈霞见了秦女士却一言不发，扭头就走。当然，这是题外话。

（2012 年）

经典之树常青

——读茅盾《大鼻子的故事》

经典之树常青，经典作品永远鲜艳，过去的一些大师创作的儿童文学作品，内容风清气正，故事情节曲折，想象丰富，是非清楚，给人以力量的同时也给人以美的享受。茅盾的儿童文学作品集《大鼻子的故事》就是这样的一部作品。

茅盾的作品集已经出版了很多，但是这部《大鼻子的故事》别具一格，收入了茅盾二十世纪三十年代创作的优秀儿童文学作品，精心挑选了五篇童话、六篇神话、三篇小说，都是茅盾当年有意为之的作品，在茅盾的文学宝库里有着重要意义。

茅盾是从编写童话走上文坛的。从北京大学毕业以后，茅盾进入上海商务印书馆，在孙毓修先生的带领下，开始翻译和编辑西方的科学小说和中国童话、寓言和神话。经过多年的训练和努力，茅盾不仅积累了丰富的创作经验，而且创作出不少充满着传奇色彩和丰富想象力的童话作品。《狮骡访猪》告诫儿童不要轻信坏人的花言巧语，不要帮助坏人干坏事。《傲狐辱蟹》中骄傲的狐狸败在智慧的螃蟹手下，告诫青少年不要骄傲，要用脑子想事情做事情。《驴大哥》中的“动物”在被人遗弃后，团结起来，自食其力，很有点革命意味。《狐兔入井》的主人公一个偷懒一个贪财，结果都经历了一场生与死的危险。茅盾早年写过几十个童话，营造了一个充满智慧、充满想象，是非好恶非常鲜明的童话世界。至于茅盾创作编写的神话，是他早年在商务印书馆工作时的主要贡献之一。茅盾对欧洲神话有很深的研究，专门写过神话研究的专著，编写过大量的欧洲神话故事。这些神话故事，同样充满着想象力，充满了真善美。如《为何海水味咸》，就是鞭挞那些贪得无厌的国君，什么都想得到，最终落得一无所有的下场。纵观茅盾的神话作品，气势宏伟，场面开阔，曲折动人，善恶分明，非常适合青少年阅读。

茅盾的小说与社会发展紧密相联。他的《蚀》《子夜》《林家铺子》《春蚕》《腐蚀》等小说，宏大的叙事，深刻的剖析，精彩的故事，都是二十世纪社会历史的缩影。如果我们要了解中国二十世纪的经济社会，不能不了解和阅读茅盾的小说。《大鼻子的故事》里选的三篇儿童文学作品，也是茅盾在这个时期创作的优秀小说。

《大鼻子的故事》写于1936年5月，发表在《文学》杂志的“儿童文学专号”上。故事描写了一个流浪儿在上海整天踯躅于街头，露宿在厕所外面的角落里，受尽了饥寒的折磨和种种无端的凌辱。但是大鼻子对周围正在发生的社会大变化全然不知，他只有求生的欲望。在流浪的生活里他也有阿Q精神，在成长中也逐渐知道是非，终于在偶然的一次爱国示威游行中，大鼻子看到了爱国学生与警察搏斗，明白了谁是好人，于是他“也兴高采烈地挥着小旗子，跟大家一起喊出了：‘打倒日本帝国主义！’”这篇小说对儿童心理的刻画十分深刻和真实，据说后来茅盾在长沙第一次见到徐特立时，徐特立对茅盾的这篇《大鼻子的故事》“大加赞扬”。茅盾的这篇小说和张乐平先生的《三毛流浪记》有着异曲同工之妙，都是现代文学史上的经典。

《儿子开会去了》则是茅盾以自己儿子参加游行一事为题材的儿童小说。小说的寓意很明确，按照茅盾的说法：“老一代曾在五四运动的感召下经历了革命的暴风雨；现在年青的一代又在新的感召下冲向街头了！这就是中国革命的接力赛。”由于茅盾对自己儿子的观察十分深刻，所以写出来的小说很生动，尤其是父母对儿子参加革命游行活动的心理变化过程，写得含蓄而又紧张和揪心；而儿子呢，去游行，又显得无所畏惧，有一股勇往直前的勇气，一点都不感到紧张，只有兴奋。父母看着儿子，想到十一年前的自己，心中涌起一种希望和欣慰。茅盾曾经说过：“小说中的儿子就是我的儿子，他那时是小学六年级的学生。”茅盾的儿子沈霜，小名阿桑，1923 年 2 月出生在上海，由于家庭革命氛围的影响，他很小就和姐姐沈霞一起在家里偷偷地唱《国际歌》，茅盾写这篇小说时，他还只有13岁，正在上海曹家渡时代小学读六年级。后来沈霜一直在茅盾身边生活，四十年代在延安加入中国共产党，之后改名韦韬。新中国成立后长期在军事部门工作。茅盾去世后，他提前离休，从事茅盾遗作的整理和研究，2013年7月在北京去世。

茅盾在同时期写的另一部儿童文学作品是中篇小说《少年印刷工》，这是茅盾在三十年代为开明书店《新少年》杂志量身定做的一部小说，讲述了一个失学少年通过劳动成长为一个印刷工人的故事。长期在编辑出版领域工作的茅盾，对印刷工人的情况是十分了解和熟悉的，他了解他们的成长过程，了解他们的坎坷，了解他们的思想。而且茅盾认为：印刷工人是工人阶级中最有可能接触先进思想和知识的一个阶层，一旦他们了解了社会的真相，就有可能成为革命的一分子。小说中的赵元生就是这样一个从印刷学徒成长起来的革命者，他从造纸厂到印刷厂，在排字过程中接触到进步报刊，从中接受革命思想的熏陶，最后和一个叫“老角”的革命者走了，踏上了他自己应该走的道路。

《少年印刷工》这部中篇小说，在茅盾生前一直没有出版，虽然有过几次出版机会，但是茅盾都没有让出版，直到1982年，才出版单行本。因此，这次收入并出版，对少年儿童来说很有意义。

茅盾的这些儿童文学作品，是富有教育意义的，是茅盾作品中的经典。这些经典所反映的年代虽然已经过去，但是经典之树常青，经典作品的思想依然鲜艳，它对今天的青少年如何做一个正直的人，仍富有启迪意义。

（2013年）

第三辑

寻访茅盾祖父的史迹

三十多年前，我曾醉心于寻访茅盾家世的史料，走访乌镇老人，到乌镇街道派出所户籍档案查阅茅盾沈家成员的线索，在成捆的户籍卡片里，哪怕寻到茅盾长辈的零星信息也兴奋不已。同时我又专门向分布在上海、天津、杭州等地的茅盾亲戚家的长辈写信求教。在上海的茅盾堂弟沈德溶先生曾多次给我回信指点，至今想起来依然感激不尽。1980年深秋，东北的茅盾研究专家孙中田和张立国两位老师在黄山参加现代文学的一个会议后，专门到桐乡乌镇，寻访茅盾早年的生活经历。当时我在县里工作，之前因为向孙中田先生请教，曾有书信往来。所以，我就陪孙、张两位老师从县城坐船去乌镇。张立国先生是在北方白山黑水的农村长大的，第一次到江南水乡，坐小火轮的感觉格外新鲜，让孙中田先生在客舱里坐定后，便拉我跑到上面船舷边上，欣赏运河两岸的水乡风光。茅盾《春蚕》里描写到的场景："塘路""桑树""荡田""村坊"等等，一一展现在眼前，连同轮船后面卷起的白花花的浪花以及两船交会时的起伏颠簸，都让张立国先生感到十分新鲜。他说："这一种场景，与茅盾笔下的水乡没有什么两样！"他非常感慨地说，不坐小火轮去乌镇，是无法体味茅盾笔下的农村三部曲和《林家铺子》的风情韵味的。

那时的乌镇依然保持着以前的模样，没有多大变化。我们走在乌镇老街上寻访茅盾家的左邻右舍，寻访茅盾同时代的乌镇老人。当时收获最大的，是找到生于1899年的茅盾邻居、"锦兴斋"纸扎店的学徒阿和师傅，当时他已经81岁了，但记忆力很好，对茅盾少年时代的往事仍有印象，对茅盾祖父沈砚耕的印象尤其深刻。也许是两家毗邻，又都与纸品有关的缘故，茅盾祖父沈砚耕经常来"锦兴斋"与阿和的师傅嵇谱琴（音）聊天。茅盾祖父喜欢打牌，有时就与嵇谱琴两个人结伴去打牌。慈眉善目的阿和师傅还告诉我们，当时师傅嵇谱琴要外出玩去，还特地让沈砚耕写了一纸告示："有事出门，暂停三日。"其实没有事，只是出门玩去了，不好与顾客明说。这是目前存世的茅盾祖父的唯一手迹，十分珍贵。

"锦兴斋"阿和师傅对茅盾祖父的回忆，后来在茅盾回忆录里看到相同的影子。茅盾回忆说："我的祖父名'恩培'，字'砚耕'，一名秀才，屡考乡试，都没有中式……我的祖父虽未中举人，但也练习写朝考卷，书法工整圆润"，"祖父写匾额、堂名、楼名以至对联都不署名，他说，我之喜为人写字，聊以自娱，非以求名"。茅盾还回忆说："祖父的生活，很有规律。每日上午，或到本地绅士和富商常去的'访卢阁'饮茶，或到西园听拍曲（即练习唱昆曲）。祖父喜欢洞箫。午睡后，他到友人家中打小麻将，以八圈为度，最大的输者不超过一两银子。这不是赌，完全是娱乐。"可见，无论乌镇老人的记忆里，还是茅盾的回忆里，茅盾祖父沈砚耕是个地地道道的乐天派。

我们在乌镇访问时，曾问过阿和师傅："茅盾祖父沈砚耕是何时去世的？”阿和老人想了想，说：“很久很久了，说是因为头颈边生一个瘤，溃烂不治去世的。”没有具体的去世日期。后来，茅盾在回忆录《我走过的道路》里，回忆三十年代生活时说道：“祖父已在几年前去世，那时我正在日本，听说祖父死于脸上长的一个肉瘤（现在猜想是皮肤癌）。”所以后来的茅盾传记和家世研究中，都以为茅盾祖父是20年代后期茅盾流亡日本时去世的。

然而，茅盾祖父沈砚耕去世于茅盾在日本时期这个未经证实的结论，恰恰被茅盾自己年轻时期一篇文章后面的“附白”所推翻。1921年1月15日发表在《民铎》第二卷第四号署名沈雁冰的《家庭改制的研究》这篇文章，有一个简单的“附白”，专门讲这篇文章的缘由和说明的。其中写道：“此篇前半篇于去年秋间写出，遭祖父之丧，不及做完，搁置已久；近因石岑先生要我做一篇东西给《民铎》，我理出这篇旧稿续成完篇……”当时我看到这个“附白”，觉得茅盾这“遭祖父之丧”是真实可信的，当时年轻的沈雁冰不可能假托自己的祖父去世来做噱头的。我把这个想法写信告诉茅盾儿子韦韬先生，他在1990年3月25日来信肯定了我的发现，信中说："茅公生前的回忆可能有误，因为他也记不准了；而你发现的'附白'，倒可能是真实的，因为当时不可能假造这种事的。如此，曾祖逝世当在1920年秋。"至此，对茅盾祖父沈砚耕行事史迹的寻访，终于有了一个踏实的结果。

（2012年）

1933 年：民国学者眼中的《子夜》

茅盾的长篇小说《子夜》在 1933 年 1 月由开明书店出版后，立刻成为二十世纪三十年代的一道亮丽的风景。民国一些响当当的名人、学者的评论，是《子夜》出版后文坛风景中的奇葩，至今，我们仍能够感受到当年的热烈反响。

这中间，首推瞿秋白。三十年代初，受到王明等人排挤而闲居在上海的瞿秋白与茅盾来往密切，他们在政治见解上有许多共同语言，在文学创作方面也有不少共同话题。有一个题外话，这里值得一提，当时茅盾曾向瞿秋白提出，想重新回到共产党组织内。但瞿秋白当时在王明主持的中央没有话语权，爱莫能助，所以，茅盾的要求也就不了了之。但在《子夜》创作方面，瞿秋白却帮了茅盾不少忙，提了不少有益的建议。据茅盾回忆，瞿秋白是最早读过《子夜》原稿的人，为茅盾创作《子夜》介绍过国内政治、军事形势，甚至住在茅盾家里长谈《子夜》。茅盾说："秋白在我家住了一两个星期。那时天天谈《子夜》。秋白建议我改变吴荪甫、赵伯韬两大集团最后握手言和的结尾，改为一胜一败。这样更能强烈地突出工业资本家斗不过金融买办资本家，中国民族资产阶级是没有出路的。秋白看原稿极细心。我的原稿上写吴荪甫坐的轿车是福特牌，因为那时上海通行福特。秋白认为像吴荪甫那样的大资本家应当坐更高级的轿车，他建议改为雪铁龙。又说大资本家愤怒绝顶而又绝望就要破坏什么乃至兽性发作。以上各点，我都照改了。但是，关于农民暴动和红军活动，我没有按照他的意思继续写下去，因为我发觉，仅仅根据这方面的一些耳食的材料，是写不好的，而当时我又不可能实地去体验这些生活，与其写成概念化的东西，不如割爱。"可见，当时瞿秋白在茅盾写作《子夜》时参与之深。

正因为茅盾能从生活中广泛吸收营养，虚心听取建议，精心创作，所以《子夜》出版后立刻引起一些名人、学者的高度评价。瞿秋白是公开高度评价《子夜》的第一人。他在《〈子夜〉与国货年》中明确提出：“一九三三年在将来的文学史上，没有疑问的要记录《子夜》的出版。”他在另一篇《读〈子夜〉》的文章里也说：“在中国，从文学革命后，就没有产生过表现社会的长篇小说。《子夜》可算第一部。”他第一次提出《子夜》是文学革命后表现社会的第一部长篇小说，奠定了《子夜》的历史地位。

鲁迅在收到茅盾亲自送来的赠书后没有专门作文评论，但他在给曹靖华的信中说：“国内文坛除我们仍受压迫及反对者趁势活动外，亦无甚新局。但我们这面，亦颇有新作家出现，茅盾作一小说曰《子夜》（此书将来当寄上），计三十余万字，是他们所不能及的。”鲁迅先生的评价，也是高度褒扬。此时，让人意想不到的是，属于“他们”的作家学者对《子夜》的评价也不俗，据沈卫威先生考证，当时署名“云”的赵万里先生读到《子夜》后情不自禁地在4月10日的天津《大公报》上发表关于《子夜》的评论，肯定《子夜》

的艺术成就和社会价值，他说："吾人所为最激赏此书者，第一，以此书乃作者著作中结构最佳之书。……第二，此书写人物之典型性皆极轩豁。而环境之配置亦殊入妙。……第三，茅盾君之笔势具如火如荼之美，酣恣喷微，不可控搏。而其微细处复能委宛多姿。殊为难能而可贵。"当时郑振铎见到他的评论文字时，以为"云"是吴宓，忙剪下来寄给茅盾。茅盾看到这样的评论，十分感慨，认为评论《子夜》的创作技巧，"都不如吴宓之能体会作者的匠心"。其实，这是赵万里的手笔。民国时期的另一个著名学者台静农先生在1933年5月1日给茅盾内弟孔另境信中说："《子夜》我已读过了，确是好，实是今年新兴文学的绝大成绩。"给予充分肯定。

《子夜》出版后较早的评论文章，应为余定义的《评〈子夜〉》，发表在1933年3月10日的《戈壁》第一卷第三期上。余定义认为，"《子夜》是以作者丰富的生活经验，深切地认识了现在社会的一切——秘密、矛盾和妥协，看准了现在社会致命的地方，而投掷出来的一个千钧的炸弹"。他还认为，"《子夜》

更是一部以都市生活为中心，以矛盾与妥协为经纬而出现的一个七十二生的开花大炮！”余定义的评论，是在《子夜》出版两个月不到的时间里写就的，值得重视。

不过，那个时代里对作家作品的评论，并不因为作者是名作家而一味颂扬。《子夜》虽然是茅盾的扛鼎之作，也是新文学界里程碑式的长篇小说，也获得名人权威的首肯，同时也有批评的声音。朱明在1933年4月《出版消息》上发表题为《读〈子夜〉》的文章说：“他（茅盾）在写得很少的工人运动中，又不能忘情地着力描写工作人员的性苦闷性冲动的不能自持。因为这是他的拿手，这是使他自己陶醉的地方”，“而且我们就《子夜》说，茅盾非但对上流社会的人物比对无产阶级的群众来得熟知，他还是根本以小资产阶级的立场来观察社会，来体味生活的”，“总之，在作品的内容方面，显现着茅盾是一个近于同路人的作家，处处流露着他小资产阶级知识分子的形态”。这位朱明先生估计是左翼文学界中人，他用革命眼光审视《子夜》，提出尖锐批评。1933年4月19日《清华周刊》出版文艺专号上，发表署名为“门言”的《从

〈子夜〉说起》的长文章，称“茅盾是自一九二八年以来接续了鲁迅的‘第一把交椅’的地位的作家”。认为《子夜》中占了大部分的“做公债”的知识，是“作者大部在这半年多‘鬼混’中得来，所以内幕于他也是颇新鲜。在《子夜》中他就一味尽量把这知识来传给读者。这是很危险的，倘作者的努力，仅止于把社会上一件新奇事件的内幕知识传给读者，其作品将无异于黑幕小说”。曲曲折折地将《子夜》与当时批评的黑幕小说相类比，批评《子夜》。不过，文章中还说：“茅盾作品最大的缺点便是他的雄图是很大的，而他对生活的体验每苦不足。”则不无道理。赵家璧先生在介绍《子夜》时，首先肯定“一个作家抱有这样大胆的企图，要把整个中国在一年过程中的各方面事迹，作为一部三十余万字小说的题材，早够使我钦佩了”。但这话在 1933 年 10 月刚发表，作家韩侍桁先生在 1933 年 11 月《现代》上就发文针锋相对:《子夜》“是一部伟大的作品，但它的伟大只在企图上，而并没有全部实现在书里”。他认为“全书中所表现的人物，只有两种，一种是理想的，一种是被讽嘲的，可以称为写实的成分都很少”。总之，“《子夜》是一本巨大的企图的书，而因为那成为全书的牵线的主人公被写得过分理想化，结果成了一本个人悲剧的书了。”但是，韩侍桁在批评中也承认《子夜》的巨大影响，“这书虽有一切的缺点，它是新文艺界值得一读的书籍，就从这书出版后的销售的数目来讲，已经证实这书在现今的价值。它的不可磨灭的功绩，是在这书给我们贫乏文艺界中输入了一种新的眼见，它的材料至少是从来未被取用过的新鲜的”。

1933年1月《子夜》出版，初版印3000册，3个月内，重印四次，此后各印5000册，成为1933年出版界的奇迹。所以，对《子夜》褒贬不一的评论，反而更加强烈地影响读者，当时读《子夜》成为一种时髦，陈望道告诉茅盾，那些向来不看新文学作品的资本家的少奶奶、大小姐，“现在都争着看《子夜》”。所以，《子夜》问世，有闲阶层争读《子夜》，也成为1933年的一道风景。

（2017年）

茅盾作品出版传播风波

在茅盾作品的出版发行传播史上，有过洛阳纸贵的辉煌，一部小说可以印刷几十版，同时也有被官方下密令禁止发行传播的记录。

据说，茅盾的处女作小说《幻灭》《动摇》《追求》三部曲在《小说月报》杂志上边写边连载时，引起社会轰动，一些在校学生上课时，课本下面就压着一本正在连载的《小说月报 》，听课时在偷偷地看茅盾的小说。1929 年 3 月 3 日的《文学周报》上有一篇文章披露这样一件事："到学校去上课，有一个坐在我前排的同学，天天是抱了四本《小说月报》来上课的。这四本《小说月报》内就有《追求》的连载。这位同学上课的时候，右手拿着铅笔注解他的课本，左手呢，仍然在‘追求’！他有一天，很郑重地把那四本《小说月报》介绍给我和同座的W女士，他那时的语气颇带一些惊异，好像没看过《追求》便等于不知道国民党有一个孙总理。”可见茅盾小说的轰动和影响之大。据叶圣陶先生回忆，当时经他手编发的《幻灭》以“茅盾”为笔名发表后，连大名鼎鼎的徐志摩也专门笑嘻嘻地向编辑叶圣陶打听《幻灭》作者“茅盾”是谁？

茅盾三十年代初创作的长篇小说《子夜》在1933年1月出版后，同样引起世人关注，出版3个月之内连续印制23000册，连作者茅盾自己都认为“此在当时，实为少见”。

1933年下半年开始，国民党政府加大对文化的钳制，设立相关审查制度，成立“中央图书杂志审查委员会”，审查全国出版的图书。1934年春节过后，国民党中央宣传部通过审查开列出查禁“反动”书目149种，涉及相关书店25家，牵涉作家有28位。其中有鲁迅、郭沫若、茅盾、陈望道、田汉、夏衍、柔石、丁玲、胡也频、蒋光慈、高语罕、周起应、华汉、巴金、冯雪峰、钱杏邨、洪灵菲、王独清、顾凤城等。

其中茅盾被禁的作品有《宿莽》《野蔷薇》《蚀》《虹》《子夜》《路》《三人行》《春蚕》《茅盾自选集》，几乎将茅盾当时及此前创作的散文、小说都作为“反动”作品禁售了。但是，作家是出版社的衣食父母，像茅盾这样的畅销书被禁售，不让卖了，等于断了出版社的财路，于是上海的一些出版机构联名上书请愿“体恤商艰”。出版机构第一次上书上海市党部，没有得到受理。后来，出版机构再次联名上书，并提出解决办法。1934 年 3 月 20 日，上海市党部批复，采纳各出版机构的部分意见，解禁了 59 种书目，其中 37 种书目可以“暂缓执行”，茅盾的《蚀》和《路》可以暂缓执行；还有 22 种属于“内容间有词句不妥，或一篇一段不妥，应删改或抽去后方准发售”者。其中有茅盾的《子夜》《蚀》《三人行》《春蚕》《野蔷薇》《宿莽》《茅盾自选集》。国民党上海市党部的批复中明确要求茅盾的《虹》《野蔷薇》抽出去“序”和“跋”；《宿莽》中的历史小说《豹子头林冲》和《大泽乡》因“颇多鼓吹阶级斗争意味”，要求抽去；《茅盾自选集》中要求抽去《大泽乡》《骚动》两篇；《喜剧》一篇“有不满国民革命词句，应删改”。短篇小说集《春蚕》中“《秋收》后半篇有描写抢米风潮之处，应删改，又《光明到来的时候》一篇不妥，应删去”。在批复中，对《子夜》的删改要求如下：“二十万言长篇创作，描写帝国主义者以重量资本操纵我国金融之情形。p97、p124（即描写农村暴动的第四章），讽刺本党，应删去，十五章描写工潮，应删改。”所以1934年删改后的开明版《子夜》就只有十七章，少了原来的第四章和第十五章。当时鲁迅对此也很气愤，他在1934年3月4日给萧三的信中说：“《子夜》茅兄已送来一本，此书已被禁止了，今年开头就禁止一百四十九种，单是文学的。”

然而，有意思的是，1934年上半年禁止和删改的《子夜》，下半年一个署名“救国出版社”的出版了未经删改的完整版《子夜》，而且用道林纸精印，分上下册。并且书前有一个“翻印版序言”。这个“序言”写得理直气壮：“《子夜》的作者，不仅想描写中国现社会的真相，而且也能把这个社会之某几方面忠实反映出来。《子夜》之伟大处在此，《子夜》不免触时忌，也正因此，它出版不久，即被删去其最精彩的两章（第四章及第十五章）。这样，一经割裂，精华尽失，已非变瑰奇壮丽之旧观了！本出版社有鉴于此，特搜求未遭删削的《子夜》原本，从新翻印，以飨读者。”“序言”中还说：“天才的作品，是人类的光荣成绩，我们为保存这个成绩而翻印本书，想为尊崇文艺，欲窥此书全貌的读者们所欢迎的罢。”

在现代出版史上，这样的状况并非个案，但 1934 年的这个“救国出版社”是一个什么背景的出版社，是哪些人在办？一直是个谜。茅盾晚年回忆录里说，救国出版社可能是巴黎一些进步华侨办的。但没有进一步展开，估计老人家也是听说。不过，不管如何，这在茅盾作品传播史上是一个有趣的插曲，或者说是一个佳话。

1934 年国民党推行的反动文化政策，一直到 1935 年《新生》周刊事件的发生，国民党中央图书杂志审查委员会在进步文艺的斗争下，悄然落幕，在中国现代出版史上落下一个让人诟病的话柄。后来抗战全面爆发之后，进步的抗战文艺又蓬蓬勃勃地发展起来，但到抗战期间，想不到茅盾的作品又一次遭到国民党的查禁。1942年11月，在桂林的茅盾准备赴重庆，他拒绝国民党政府的“补助”，准备编几本作品集给书店，自筹资金，作为去重庆的路费。他共编了三本，一本是《见闻杂记》，共有18篇，加一个“后记”。编妥后分别给了文化供应社和文光书店，文光书店在1943年4月出版此书；一本是《白杨礼赞》，茅盾写了一个“自序”，内有四辑，编好后交给柔草社，柔草社在1943年2月出版。同时，茅盾还编了一本《茅盾自选短篇集》，选好后交给民范出版社出版，前两本桂林的图书杂志审查处通过了，但这本《茅盾自选短篇集》却没有通过，其理由是：“查该集《创造》与《陀螺》两篇查禁有案，应予扣存，其余各篇不适抗战要求，应予免印，原稿姑准发还。”茅盾看到这个审查结论，哭笑不得，原先以为最不可能“危害抗战”的集子却被国民党禁止出版，让茅盾本想编书换钱的想法也落空了。

然而，1945年茅盾的《清明前后》被禁，更是暴露了国民党反动的文化政策在国民党文化官员头脑里的根深蒂固。1945年清明前后，重庆发生了一桩黄金提价泄密案，致使一些要员乘机抢购。全国舆论哗然，国民党为了搪塞舆论，只得由监察院出面追查，结果是让那些买了几千两黄金的大户退款了之，而抓了几个合伙买了几十两黄金的银行小职员。茅盾以此为契机，写了一部话剧《清明前后》，揭露官僚资本及其爪牙的卑劣与无耻，民族资本家的挣扎与幻灭，以及安分守己穷困潦倒的小职员又如何变成替罪羊，描绘了战时重庆的一幅经济社会世情图。《清明前后》9月26日正式公演，后来越演越轰动，成为1945年九、十月间山城重庆的一件文化大事。据说当时国民党的文化运动委员会主任张道藩看演出看到中途就退场，拂袖而去。当时因为毛泽东在重庆谈判还没结束，国民党还不敢明目张胆禁演。国民党中央广播电台在10月6日的节目中公开说，《清明前后》有毒素，要看过的人自己反省一下，不要受愚弄，没有看过的不要去看。国民党的拙劣手段反而引起山城民众的好奇，此后的《清明前后》演出，场场爆满。当时，周恩来对茅盾创作《清明前后》给以充分肯定，认为这部话剧，政治与艺术结合得好。鉴于当时战时新闻检查制度刚取消，国民党不敢明令禁止，只能“暗中设法制止”。到11月间，国民党中央宣传部下了一个密令：

准中央文化运动委员会张主任道藩十月卅日函，“为茅盾（即沈雁冰）所著之《清明前后》剧本，内容多系指摘政府，暴露黑暗，而归结于中国急需变革，以暗示煽惑人民之变乱，种种影射既极明显，而诬蔑又无所不至，请特加注意”等语。查此类书刊发行例应禁止，惟出版检查制度业经废止，对该剧本出版不易限制；固特电达，倘遇该剧上演及剧本流行市上时，希即密饬部属暗中设法制止，免流传播毒为荷。

尽管国民党中央宣传部费尽心机禁止《清明前后》的传播，但实际效果并不好，广大观众感受到作家的作品道出了社会进步的心声，所以《清明前后》依然红火。后来，茅盾看到了这个手令，十分气愤，说：“这位当面对我十分恭维，在我五十寿辰时又称赞我没有矛盾的张道藩氏，终于在我背后露出了狰狞的面目。”

这也是茅盾作品出版传播史上的一个插曲。

（2012年）

茅盾研究史上一部不可忘却的书

茅盾研究发轫于二十世纪二十年代，即茅盾发表《幻灭》《动摇》《追求》三部曲之后，至今已走过八十多年的历程。其间，经历了《子夜》的出版，《林家铺子》及《春蚕》《秋收》《残冬》等农村三部曲的问世，奠定了茅盾在现代文学史上的崇高地位。茅盾 1981 年 3 月 27 日去世后，研究茅盾的文章、专著，涉及生平、创作、文艺思想，林林总总，汗牛充栋。

但是，自从二十世纪二十年代至今的茅盾研究史上，探根寻源，不得不提最早的一本评论茅盾创作和思想的专集——《茅盾评传》。

这部 1931 年 12 月就出版的《茅盾评传》是由伏志英编，上海现代书局作为现代文学讲座来印行出版的。当时，伏志英搜集了茅盾《蚀》三部曲及一些早期短篇小说讨论和一些引起论争的文章，搜集成这部《茅盾评传》。其中有24篇评论，一篇伏志英编的《茅盾先生著译书目》，两篇茅盾自己的文章即《从牯岭到东京》和《读〈倪焕之〉》。所以，这部评论文集虽然名为《茅盾评传》，并不是一部真正意义上的茅盾评传。然而，有意思的是，当年伏志英颇有眼力的选编，积累了青年茅盾跃上文坛时的丰富素材，为后人的茅盾研究起到了积极的奠基作用。

茅盾先生去世时，这部《茅盾评传》已有半个世纪，一般图书馆早已没有这部书的踪影，如能让现代文学研究者看到，对研究和认识茅盾的创作，极有助益。鉴于此，当时厦门大学中文系的茅盾研究专家庄钟庆教授将搜集到的茅盾研究文章，刻印成7册《茅盾评论集》和2册《论茅盾》，受条件限制，7册《茅盾评论集》全是蜡纸刻印成，《论茅盾》中一册是蜡纸刻印成，另一册是打字机打印的。庄钟庆先生此举主要是为厦门大学中文系进修茅盾研究专题课而搜集印行的。笔者保存有这套蜡刻打印的油印本，是当年厦门大学庄钟庆先生签名后寄赠的，至今仍完好地保存在我的书柜里。这套油印资料虽然印刷粗糙些，但让我得以在80年代初就看到了伏志英编辑的《茅盾评传》。

完整看到《茅盾评传》的真面目是在互联网兴起之后。有一天，我从旧书网上看到这部1931年12月初版的《茅盾评传》，欣喜莫名，立刻付款买下。拿到这书时，心情十分激动。

这部《茅盾评传》封面设计重点突出、简约醒目。内有伏志英在编辑中写的《序》《茅盾传》和《茅盾先生著译书目》三篇，其余收入了《茅盾的三部曲》（复三）、《茅盾创作的考察》（贺玉波）等评论文章22篇。另外，还收了当时颇有争议的茅盾的《从牯岭到东京》和《读〈倪焕之〉》两篇文章。书后还专门有一篇《本书各稿曾在他处发表者》的说明，罗列了所收各篇曾在何处发表的目录，体现了伏志英当时编辑这部《茅盾评传》时的细心。

这部《茅盾评传》虽然不是完全意义上的评传，但事实上为茅盾研究起到奠基作用，同时也体现了其鲜明的时代特色。

一是对茅盾文学创作的评价十分精到。1931年的茅盾还只是三十多岁的年轻人，进入文坛时间从其编《小说月报》算起也只有十余年时间，真正创作小说只有三年时间。因此，对这样一个青年新秀作家的评论，如果没有一定的功力是很难看清一个作家的潜力并准确概括其影响力的。伏志英先生独具慧眼，对茅盾的创作给予高度评价，他在《序》的开头就说："茅盾先生是一个富有时代性的作家。"他的三部曲让他"一鸣惊人"，"他技巧的纯熟，观察的深刻，确能捉住那一时代的核心。如小资产阶级对于革命的幻灭与动摇，女性的脆弱，投机分子的丑态，以及病态的青年男女心态，表现得都有相当的成就"。

这些评价，用于新出现的作家身上，确实很有胆识！而且这些识见表达在茅盾的《子夜》等问世之前，出现在茅盾创作黄金时期来临之前，尤为可贵；其中说茅盾因三部曲而"一鸣惊人"的看法，立刻让人联想到几十年后学者夏志清先生评价茅盾因《蚀》三部曲而"一炮而红"的说法，何乃相似。同时，伏志英称茅盾“富有时代性”的特点，在伏志英的《茅盾评传》问世不久的几年间，茅盾以自己的创作实践——《子夜》《林家铺子》《春蚕》相继问世，进一步证实了伏志英的这一评价。

《茅盾评传》里的一些简洁的评价，在后来的茅盾研究中同样影响不小。如复三的《茅盾的三部曲》一文中，认为茅盾在《蚀》三部曲中“忠实地握住时代，表现时代，而且深入时代的核心”等。

二是积累了许多研究素材，为茅盾研究提供了茅盾早期创作阶段的真实状况。茅盾的《幻灭》《动摇》《追求》三部曲发表后，据伏志英的《茅盾评传》披露，当时的学校上课偷看《小说月报》上的《追求》成风，也披露了当时青年学生在课堂上偷看茅盾小说的状况。可以想见茅盾的三部曲的反响之大。

同时，这些散落在二十年代报纸杂志上的长长短短的23篇文章，弥足珍贵，尤其像茅盾胞弟沈泽民在莫斯科中山大学辗转读到《幻灭》后给茅盾写的一封信，史料价值和文学价值都十分重大。沈泽民在充分肯定兄长茅盾在《幻灭》中的“客观的叙述”的同时，希望茅盾“将耳朵贴在地上，静听那大地最深的呼吸”。茅盾自然心领神会。所以，沈泽民以“罗美”为笔名评论茅盾《幻灭》的来信，常为后人研究茅盾时所看重。再比如杨昌溪的《西人眼中的茅盾》一文中，介绍了西人对茅盾的评价，这篇文章引起后来茅盾研究者的重视。总之，这些史料通过《茅盾评传》的保存，极大地丰富和方便了后人的学术研究。

三是客观保存了评论文章中的褒贬意见。伏志英先生在编辑这部《茅盾评传》时，真实地保存了《幻灭》等发表后文坛的各方反映，从搜集的文章看，无论肯定还是否定，都力求客观真实。钱杏邨在《茅盾与现实》一文里，批评茅盾的意识“不是新兴阶级的意识，他所表现的大都是下沉（层）的革命的小布尔乔亚对于革命的幻灭与动摇”。批评茅盾“完全是一个小布尔乔亚的作家”。顾仲彝批评茅盾小说集《野蔷薇》“时代性太浓厚”“因意设事痕迹太显”“主见太深”三条意见，尖锐而直截了当。茅盾当时对同行的指责，也有辩解和反驳，对茅盾这些辩解和告白式的文章，伏志英也收入其中，让后人看到不同意见相互碰撞的真实状况。

也许是时间仓促的缘故，伏志英的这部《茅盾评传》在技术层面还留有明显的缺憾。一是校对上的差错，正文中有缺字、别字；二是对茅盾的介绍不尽准确，如伏志英写的几百字的《茅盾传》里，有数处不确切，比如说茅盾“在北平和郑振铎、周作人诸氏组织文学研究会，和创造社遥遥相对立。后南下主持《小说月报》编辑事务”，“一九二四年，辞《小说月报》事”等。显然伏志英因“文学研究会”在北平成立而把茅盾当作北平的青年作家了。于是顺理成章地把茅盾革新《小说月报》事说成是茅盾南下后的事。估计，伏志英不知道茅盾一直在上海商务印书馆工作。同样，说茅盾1924年辞去《小说月报》编辑工作，也不确切。茅盾晚年回忆录里说自己主编《小说月报》两年，终因当局某些领导不满而辞职。所以自1921年茅盾主编《小说月报》两年后，即1923年起就不再当《小说月报》之主编了。

即使如此，及时将作家新秀茅盾的作品评论和文艺思想的文字结集出版，其功德已经不小，囿于条件，这些差错瑕疵似可理解。可惜的是，伏志英其人生平尽管我多方寻找和请教，仍无所获，一度怀疑这是某个人的笔名。

《茅盾评传》后来一直没有重印，笔者手头的这一部《茅盾评传》是1931年12月的初版本，格外珍贵。1968年9月，香港南岛出版社重新印行《茅盾评传》，可惜因是盗版，印行时连差错也一并翻印了。

（2012年）

一部被人遗忘的茅盾研究著作

最近购得五十多年前出版的一本讲评茅盾作品的专著，半个世纪以来，被茅盾研究界所遗忘。

这部专著就是《茅盾杰作选讲》，香港骆驼书屋于1957年3月作为“新文学杰作选讲丛书”之一出版。但是，在有关茅盾研究史的文章、著作中，都遗漏了这部讲评专著，十分遗憾。现在看来，内地茅盾研究界之所以遗忘这部重要的茅盾作品讲评著作，恐怕与香港出版及图书信息的交流不畅有关。

这部《茅盾杰作选讲》的封面呈鹅黄色，上有茅盾中年时期的头像速写，在书名上面有一行小字：新文学杰作选讲丛书，下方有“香港骆驼书屋印行”8个字的落款，其中“骆驼书屋”是书法体。封面淡雅、简洁，版权页上注明了骆驼书屋的地址是“香港荷李活道116号二楼”，印刷是位于香港英皇道951号的侨光印务有限公司。一九五七年二月出版，定价是港币一元。其正文前有一个以“本店编辑部”名义作的“新文学杰作选讲丛书”的总序。然后是正文目录：

茅盾的生平

春蚕

林家铺子

儿子开会去了

连环图画小说

公墓

封建的小市民文艺

时髦病

从目录中可以看出其规模并不大，收了一个茅盾生平介绍、三篇小说、四篇杂文随感。但是每一篇作品以“选讲”的方式，依次分“主题思想”“写作的时代和背景”“正文”“表现方法”。每篇作品的讲评，都立足于普及。因此，从总序到正文前后讲评的文字，都简明扼要、十分简练。比如以“本店编辑部”名义写的总序，文字不多，但是把为何出版这套杰作丛书，说得明白晓畅。

> 中国过去是一个伟大的国家，现在也是。中国的伟大，表现在她有悠久的历史，杰出的文化和优秀的子民。自“五四”新文化运动以来，中国在文化上刷新又刷新，更给整个国家面貌披上了美丽的新装。
>
> 新文学在近三十年中，可说是波澜壮阔，百花齐放。它把旧文学的苦涩、空虚，一扫而光。悲剧的现实，欢乐的现实，落后颓丧的人物，英雄积极的人物，都一一被描绘出来。被我们看到它，仿佛听到整个世界的脉搏。
>
> 时代在前进，文艺创作也在前进。新的生活，新矛盾的胜利，也就是新的主题，不断涌现，等待新的文艺工作者去表现。

创作要有生活，没有生活就不能创作；表现生活要有写作技巧，没有写作技巧，即使生活体验很丰富，也不能如意表现。这是谁都知道的事。

新的时代是属于年轻一代的。年轻一代的文艺工作者如何在生活中得到思想，如何以丰富的生活来说明思想，如何使这思想形象化，去感动人，去教育人，去在人的脑子中放些新的、健康的东西，都是不可忽视的问题。为了解决这些问题，年轻的文艺工作者应该好好地学习。

杰出的新文学作家们，如鲁迅、茅盾、巴金、老舍、冰心、丁玲、郁达夫、郭沫若、艾青、曹禺等人的作品中，都具有重大的时代意义，都具有卓越的写作技巧，都是值得年轻人去学习和观摹的。

这套丛书，就打算把五四以来诸杰出文学作家中的某些作家的创作，选出若干专集，并加以分析，以便青年读者得以最经济的时间和精力，获得新文学发展的轮廓，使大家能藉前辈的成就充实自己的才能，好为新的时代，为新时代的人和人类更美好的未来而创作。

我们编辑这丛书，只是一个尝试，不敢说一定对广大的读者有什么用处。但总希望通过这丛书，提醒一下年青的朋友们，好好从新再读读这些名家的杰作，联系实际、联系生活，来替我们打一点思想方法和观察生活、批评生活的基础。

这部丛书，在编写中力求深入浅出，结合实际，所以也可以作为中学生的辅导读物。

本店编辑部

这样的序言，写得鲜明清晰，没有半点故弄玄虚的意思。文风清新如此，令人刮目相看！

在分析讲评作品的文字里，同样保持这种文风，清新朴实，要言不烦。既有对作品认识的深刻把握，也有对作品背景的扼要介绍，让人读作品之前就有了一定的了解和认识；正文之后的分析，提高读者对作品的思想性、艺术性、技巧性的理解。比如开篇《春蚕》，选讲时将其“主题思想”概括为：

这篇小说的主题思想，主要的是暴露当政者对农民利益的不重视；但受害者之一的蚕农，在压榨下却可悲地不知谁是对头人，不知道穷困的根源，仍然饿着肚子辛勤操作，把希望寄托在“春蚕”的收成上。但，现实使他们希望越大，失望也愈大。从而作者一方面暴露从前的执政者所掌握的政权，是如何地妨碍生产，这种妨碍生产的政权若不改变，农民的勤劳只是徒然。另一方面，也批判了蚕农们不问条件只凭经验的近乎盲目的生产是不对的。

这样的主题思想的概括，没有掉书袋，通俗易懂，简明扼要，与《春蚕》作品的实际相吻合。

至于“写作的时代和背景”，是这样介绍的：

本文写于一九三一年十一月一日。自一九三〇年以后，西方国家的经济危机就波及中国：洋货大量输入，民族工业陷于瘫痪，农村经济趋向破产，而当时的执政者不晓得责任之重，不晓得奋起图强，反而尽量征税，行政又没有效率，使城市平民和乡村农民的生活陷于绝境。继之，日本又进行武装侵略，大大地损害了中国的元气，给中国农村带来了破产的惨遇。

作为一个忠实于生活的作家茅盾，面对这悲惨的现实，在写作题材和主题的抉择上便有了新的方向。这一个新的方向标志着他思想上的伟大的发展。这种思想，就表现在《春蚕》《林家铺子》《秋收》《残冬》等等短篇创作上。《子夜》也是作者同一时期的作品。这些作品的现实主义基础都不薄。

这样的表述，将写作的时代和背景作了清晰的说明，十分契合于新文化的宗旨，而且表述也朴实，笔笔小心，力求准确，没有哗众取宠，简单拔高。这是正文前的介绍。至于《春蚕》正文后的“表现方法”的介绍，紧扣作品，写得条分缕析，层层剖析，让人一目了然。认为“茅盾以小说见称于时，诸小说创作中，又以人物的描写见长”。那么，茅盾又是怎样去描写、塑造这些人物的呢？作者认为，“第一，他使个别的人物形象和一般的人物形象相结合。第二，作者使具体的人物形象和抽象的人物形象相结合。第三，作者使批判与表扬相结合。”选讲《春蚕》的表现方法，扣住人物形象塑造这个核心问题，用“三个结合”来概括，同样十分清晰和符合茅盾塑造《春蚕》中的人物形象的实际。

在茅盾其他一些小说的选讲中，这部著作也有许多亮点，如对《林家铺子》，认为“不是一篇以故事性见长而是以思想性取胜的”小说；其小说结构“是有着一条具有高度思想性的线索的”。《儿子开会去了》是“写得非常含蓄的”，但“因为篇幅太短，本篇只有故事，人物的形象十分浮面，但这并不影响主题的积极性”，说得十分中肯。在讲评《公墓》这篇随笔杂文时，认为这篇随笔“它是匕首，是醒脑药，它戳破旧社会的脓疮，振发了落伍人的思想”，还认为“作者的笔法是讽刺的，但不同于鲁迅的风格，鲁迅的笔调比较激昂，茅盾的笔调比较平和。但都一样富有现实主义精神”。所以，这部薄薄的《茅盾杰作选讲》里，有着不少鞭辟入里的见解和文字，这些评价，其实也是茅盾作品研究史上的吉光片羽，值得茅盾研究界重视。同样，在五十年代香港曾出版过这样的丛书，值得中国出版史研究者关注。让人可惜的是，这些通俗易懂又不失见地的文字，因没有署名而不知出自谁之手。

这部书在印刷、装订上还有不少瑕疵，但是，它所反映出来的思想进步、文风朴实、评述精到的特色，不应为茅盾研究者所遗漏，更不应为出版史所遗忘。

（2014 年）

新发现的茅盾在商务印书馆的两件史料

2016年是文学巨匠茅盾诞辰120周年，也是茅盾到上海商务印书馆工作100周年。2015年8月，我从茅盾故乡桐乡市档案馆保存的茅盾档案中，发现了两份茅盾在上海商务印书馆工作时的珍贵档案史料，都是过去有关茅盾传记中没有提到过的。一件是高梦旦1918年12月24日为茅盾加工资一事的报告，另一件是1920年7月8日编译所为付茅盾在商务的稿费而向张元济写的材料和稿费清单。这两件史料，是茅盾的儿子韦韬先生2007年捐献给桐乡档案馆的。

第一份是高梦旦为加工资写的材料，从内容看是残缺的，没有头，仅剩后面二页，在前面似应还有一页或者两页。所剩两页的内容如下：

假期改革事，如不加，乞批示付下。

加薪单一册约二百五十元，乞察核。尚有数人忘声明者，一朱紫翔每年津贴百元，兹改为每月加十元，取消津贴，博如言，渠尚不满意，弟意万万不可再加。黄希加致百二十元，暑假时已谈定，且渠丧兄□，此不足以留廿一人，实有用也。

沈德宏（鸿）、谢冠生能力甚好，各加十元，实在尚不足为相当之值，但本人却无十分要求也。

丁英桂二十元，周振宏十八元，振宏近来亦振作，原拟各加六元，初见丁极有用，可加至十元，以示俊异并使他人此后不至以为例。丁在其同班中实为第一人，不可不特别，伯训博如亦赞成。

张伯康亦好，原拟加四元或稍酌增亦可。

谦　7-12-24

这份材料，写在“商务印书馆启事用笺”上，文字上，除个别字难辨认外，其余都比较明白，是对一些人加薪方案及点评，涉及茅盾等人的文字，可以看出颇有好评。茅盾在回忆录中讲到加薪事，只讲到第一次加薪的情况。即1916年底，茅盾接到通知，从“下年正月起，每月薪水三十元，即每月加了六元”。茅盾还知道，“进馆半年即加薪，虽只六元，已是破格优待，编译所中人员，进去为二十四元者，熬上十年，才不过五十元而已”。所以，第一次加薪，虽则六元，茅盾已经心满意足了，心态非常好。而这次加薪，应该是茅盾在商务的第二次加薪。这次加薪，距上次加薪，已经过去二十多个月了，但是这次加薪比上次幅度大，加十元。而且在加薪的同时，还获得领导的好评，认为“沈德宏（鸿）、谢冠生能力甚好”，而且，姿态也高，所以给他们两个各加十元并不为过，因为与他们为商务印书馆做出的贡献创造的财富相比，“实在尚不足为相当之值”。而且，茅盾和谢冠生都还十分低调，对薪水“无十分要求”。编译所领导从加薪这件事情上，看到了茅盾、谢冠生两位年轻人的人品。所以，领导用欣赏赞许的口气肯定在这次加薪过程中沈、谢的表现。这是目前见到当年商务印书馆编译所领导在报告中正式表扬青年茅盾的史料。

那么，这个加薪方案是出自谁的手笔？据落款“谦”字来推测，应该是刚刚从张元济手里接任编译所长的高梦旦先生所为。高梦旦，名凤谦，字梦旦，福建人，1903 年进商务印书馆，时任编译所所长。所以，所内雇员的薪水方案应该由他提出，这是合乎情理的。至于同时得到表扬的谢冠生，是编译所词典部编辑，与茅盾同住一室的年轻人。他比茅盾小一岁，浙江嵊县人，生于 1897 年，据说此人聪明绝顶，中学毕业后留校任教，1915 年进商务印书馆编译所词典部，曾主编《中国地名大辞典》。后来到法国攻读法学，1924 年获得法学博士。回国后先在大学任职，后来从政，曾任司法行政部长，成为民国时期的法学专家。1949 年去台湾后历任“司法院”副院长、院长。1971 年 12 月在台湾去世。茅盾回忆录里对当时谢冠生的志向也有提及。这一件史料中涉及其他人员的加薪和评论，同样是商务印书馆留下来的珍贵史料，因与茅盾无关，这里不再叙述。

第二件史料是编译所一位领导1920年7月8日为付沈雁冰在商务印书馆杂志上的翻译稿费而向张元济写的专题报告。共三页，比较完整。但是落款的名字难以辨认,用×代之,希望识者给予指正。其原文如下:

雁冰近三月中本馆应付译费兹另单呈

核此君月薪四十八元，办事精神尚好，惟担任外间译件不少，近又充共学社社员，终恐不免有纷心之处。向来座位设在四部丛刊中，此数月来实与四部事甚少关系，每月约担任东方、教育杂志一万字左右，不付译费。前星期起，座位移于楼上，夹在端六、经宇二座位之间，较易稽察，此后成绩或可稍佳，此复。

菊生先生　　　　　　　×

9-7-8

沈雁冰君译稿：

我们该怎样预备了去谈妇女解放问题

《妇女杂志》用

第一飞行机　　　　　　《妇女杂志》用

新妇女界之评论　　　　《妇女杂志》用

三篇九千字　拾伍元

近代文学的反流篇　　　《东方杂志》用

一万四百字　贰拾陆元

女子的觉悟（续）　　　《妇女杂志》用

娼妓与贞操　（又）

一万七千字　贰拾伍元

以上四月份共稿六种合计洋陆拾陆元整

新社会的结婚和家庭　《妇女杂志》用

三千字

家庭服务与经济独立（又）

一千六百字　柒元

安得列夫　　　　　　《东方杂志》用

五千字　拾贰元

两性冲突的原因　　　《妇女杂志》用

八千字　拾玖元

以上五月份共稿四种合计洋叁拾捌元

娼妓与贞操（续）　《妇女杂志》用

一万五千字

怎样能使妇女运动有实力　（又）

一千五百字　　贰拾肆元

为母的　　　　　　《东方杂志》用

二千五百六十字　陆元

两性间的道德关系　《妇女杂志》用

五千六百字　　拾元

以上六月份共稿四种合计洋肆拾元

这份有三页用毛笔书写的稿费单，从字体上看，肯定不是高梦旦所为，也不是王云五的笔迹，况且1920年7月，王云五还没有到商务印书馆编译所任职。从口气和做法看，用现在的话来说，肯定是编译所一位管理干部。后经商务印书馆的百年资源部朋友辨认，此材料应为当时商务印书馆事务部部长江经畲先生所作。从报告中，可以看出编译所对自己职工的管理还是非常细致和上心的，对茅盾的了解也十分清楚，不愧是老板式的管理者。一方面肯定拿48元月薪的茅盾“办事精神尚好”，另一方面又指出茅盾向外投稿和参加共学社等“不免有纷心”。而且当时编译所的领导看到茅盾已经完成《四部丛刊》的底片审查工作。再让茅盾坐在《四部丛刊》的办公室里，认为工作量太少了，担心茅盾去做其他事情。所以将茅盾的办公地点搬到楼上，桌子安排在杨端六和钱经宇两位前辈之间，管理者认为这样便于“稽察”茅盾的工作态度和工作成绩。材料里的经宇就是钱智修（1883—1947），字经宇，浙江嵊县人，是一位1911年进商务的前辈，比茅盾大13岁，据说此人的文章写得非常漂亮，当时他的文章在上海滩上有“洛阳纸贵”赞誉，上海的一些进步报纸争相向他约稿。当时茅盾搬到他身边办公时，钱先生刚刚从杜亚泉手里接任《东方杂志》主编。另一位杨端六先生比茅盾大11岁，生于1985年，1966年去世。湖南人，是留学归国的专家。曾经留学日本、英国、德国，是留日学生中华学艺社的社员，1920年从欧洲回国，由郑贞文介绍进商务印书馆的《东方杂志》社工作的。据《商务印书馆大事记》说，杨端六是1921年进商务的。但是，从这件史料来看，杨先生应该是1920年进商务的，而不是1921年。郑贞文也有回忆说，杨端六“于1920年自欧洲归国，由我介绍入编译所的《东方杂志》社工作”。否则在1920年7月8日的史料里，茅盾的座位安排在杨、钱之间就无从说起。据说，杨先生是经济学专家，对会计学尤其擅长，所以在商务时，高梦旦发挥他的专长，让他参与会计制度改革，成绩卓著，后调任总公司协理。但是当时茅盾与杨端六先生在一起办公时，杨端六也在《东方杂志》当编辑（撰述），而且还没有结婚。杨端六在1921年与才女袁昌英结婚，当时杨先生已经36岁。材料中说茅盾“充共学社社员”的细节，过去茅盾的传记都未曾提及。茅盾参加过共学社，是茅盾生平史料的新发现。共学社是1920年4月成立于北京，由梁启超发起。口号目标是“培养新人才，宣传新文化，开拓新政治”，共学社当时阵势非常大，核心人物是梁启超、蒋百里、张君劢、张东荪等，蔡元培、张謇、张元济、熊希龄、范源濂、张伯苓、严修、林长民、张公权、丁文江、王敬芳、蒋梦麟、蓝公武、胡汝麟、张家璈、梁善济等名流都列名发起。共学社成立董事会、评议会，都是各界精英。同时，共学社的成立得到一些大企业的支持和资助，所以，1920 年 5 月梁启超将《解放与改造》改名为《改造》，由共学社主办，蒋百里主编。共学社是个纯粹的民间学术机构，所以参加共学社成为社员的条件只有一条，即翻译作品 5 万字以上。而此时的茅盾已远远超过这个条件。据说，当时共学社与商务当局协定，在商务出版丛书，有一百多种，涵盖了马克思主义、无政府主义、基尔特社会主义等等各种不同的思想政治思潮。

不过，编译所管理者虽然了解沈雁冰的工作情况，但是从这个报告看，对沈雁冰的创作翻译以及其他活动，似乎不清楚。先从这个稿费单看，他们只是将署名沈雁冰或者当局了解的笔名的翻译稿子才付稿费。因为实际上当时茅盾发表的翻译文章还要多，他们都忽略不计。而且时间上也不是很规范。比如说四月份的《我们该怎样预备了去谈妇女解放问题》一篇，其实不是四月份发表的作品，而是发表在 1920 年 3 月 5

日的《妇女杂志》上。而《女子的觉悟》是在三、四月的《妇女杂志》上，分上、下篇发表的，现在统一归为四月份的稿子。还有，再从报告看，当时的茅盾似乎很空闲，《四部丛刊》可以不管，每个月只要在《东方杂志》《妇女杂志》上发表万把字，就完成任务，领导感觉太轻松。所以编译所要给他压力，换个座位，让两位前辈监督他。其实，1920 年的上半年，茅盾还是事情不少的，除了用笔名写文章外，从 1920 年 1 月开始，茅盾参与《小说月报》的部分改革，主持编辑“小说新潮”栏目。这项任务应该计在茅盾的工作量里面。但是这份向张元济先生报告的材料里却只字未提，是领导不计还是不屑？不过，此时的茅盾有所分心也是客观存在的。因为 1920 年上半年陈独秀到上海后，开始物色革命同志，《新青年》杂志移到上海后，在这一年的 5 月份重新出版，茅盾被陈独秀看中，也开始涉及其中。所以从工作角度看，分心是肯定的。还有，当时茅盾和一帮同为老乡的年轻人结社，组织桐乡青年社，牵扯到茅盾的一些精力也是事实。不过，编译所尽管对茅盾管理甚严，甚至让前辈监督他的日常工作，但是从1920年10月起，茅盾用相当多的精力投身革命，成为中国共产党早期的党员之一，却是用心良苦给茅盾换办公室的编译所领导所没有想到的。

（2016年）

茅盾回忆录诞生记

从某种意义上讲，茅盾一生的经历，就是一部中国现代文学史，也是一部中国现代政治史。因此，有着这样丰富经历的茅盾回忆录，正是世人所期待的。

在二十世纪七十年代初，茅盾就开始酝酿自己的回忆录。但是，他没有立即动手写回忆录，而是开始秘密续写他 1942 年在桂林创作的长篇小说《霜叶红似二月花》，断断续续写到 1976 年，仍没有续写完。这时茅盾深感自己写回忆录的紧迫性。于是，他和儿子商量，决定放下续写小说的工作，集中时间回忆自己的一生经历。

从 1976 年 3 月开始，茅盾关起门来，在自己家里用口述录音的方法，回忆自己的经历。当时，茅盾早已没有秘书，更没有助手。儿子韦韬在一边操作录音机，儿媳、大孙女在一旁记录。韦韬夫妇曾经回忆说：“1976年3月24日，我们开始了第一次录音，爸爸手持话筒，靠在卧榻上，韦韬站在三屉桌前操纵录音机，小曼和小钢在一旁做记录。爸爸的口述是这样开始的：‘大概是1919年下半年，陈独秀从北京来到上海……’”

茅盾口述回忆录，先讲紧要的阶段，即先从1919年讲起，讲到大革命失败。一共讲了4次。茅盾的文章写得很流畅，故事也跌宕起伏，但茅盾不善于口头表达，加上对着录音机讲话不习惯，开始口述时很不习惯。笔者曾经听过茅盾当时的录音，虽然茅盾走南闯北，但他的乌镇口音确实很重，“那末，那末……”，比较噜苏。后来，经过调整后，茅盾坚持每天录音2个小时，整整用了二十天时间，讲完三十年代抗日战争时期的经历。再用两天时间，讲述解放战争时期的经历，讲全国解放。然后再回过头来讲自己的童年和学生时代。至于新中国成立以后，茅盾主要回忆自己怎样当上文化部部长，讲述自己1957年随毛泽东主席作为团长的中国代表团去苏联参加纪念十月革命40周年的事情。

茅盾口述录音由儿子韦韬、儿媳陈小曼整理出来之后，茅盾一看，不满意，觉得自己没有讲清楚，尤其一些历史事件，有些很生动的往事，通过口述，变得干巴巴，“只有骨头，没有血肉”，不生动了。一些该讲到的，却忘记讲了，一些表述也嫌噜苏。因此，81岁的茅盾决心自己动手，在录音整理的材料基础上重起炉灶，动手写自己走过的路。这时，已是1977年秋天。虽然“四人帮”粉碎已经过去一年，但是，到此时，茅盾有关回忆录的口述和写作，都是在严格保密状态下进行的。

1978年春节前夕，胡乔木同志在北京医院见到茅盾，高兴地对茅盾说：“太巧了，茅公，我正有一件事要给你写信呢。现在就当面谈吧。”于是，就在医院的休息室坐定后，胡乔木向茅盾转达了中央的要求，希望他能够将自己的回忆录写出来。并告诉茅盾：“陈云同志在中央的有关会议上专门提到您，说，建党初期的历史，除了您，恐怕没有几个人知道了，他希望您把这段历史写出来。”胡乔木还希望茅盾不光回忆党史，还要将自己的六十年文学生涯写出来，并且告诉茅盾在回忆录的写作中有什么困难，也可以向中央提出来。茅盾听到胡乔木转达的中央的要求，立刻爽快地答应了。

此后，中央及有关部门对茅盾回忆录的写作非常重视。1978 年 8 月，中央军委同意茅盾将儿子韦韬同志从军事院校（国防大学）借到自己身边当助手，人民文学出版社专门让茅盾的儿媳陈小曼回家替茅盾料理杂事，让茅盾集中精力写回忆录。所以，有中央的支持，有儿子、儿媳的协助，从 1978 年开始，茅盾的回忆录写作步入正轨，开始在 1978 年下半年创刊的《新文学史料》上连载。至此，茅盾写回忆录的事才公开化。

茅盾对回忆录的写作，一是“所记事物，务求真实”。真实，是回忆录的灵魂。茅盾回忆录中所记的事物，所谓务求真实，就是回忆必须有这样的事，不凭空杜撰，“言语对答，或偶添藻饰；但切不因华失真”。作为文学巨匠，回忆录写得像年谱，显然不是茅盾想要写的回忆录，也不是读者想要看的回忆录。因此为了“务求真实”、为了“不因华失真”，茅盾在写作中花费了大量精力，他一方面让儿子、儿媳他们去上海、北京查旧书报杂志，去图书馆借旧杂志，托上海的亲戚孔海珠就近在上海借书。有了这些旧杂志，就能够帮助茅盾准确回忆往事的来龙去脉。他曾托唐弢先生借阅《文学周报》，他在一封给唐弢的信中写道：“顷拟找175期以前的《文学周报》，查一点材料，此间不可得，不知上海方面能借得否？如果有，敢请费神借寄，用后即当奉赵璧。”有时，茅盾还写信请朋友帮助回忆。1979年，茅盾向罗章龙写信，请他帮助回忆20年代上海共产党活动的一些事情，核实自己的一些记忆。1979年他在写作过程中，也曾经向20年代同事吴文祺、黄慕兰了解武汉大革命时期的人和事。1980年1月7日，茅盾还专门向周红兴先生了解《热血日报》的一些情况。1980年2月8日，茅盾向赵丹写信，请赵丹帮助回忆在新疆的往事：“请你回忆，你们共几个人到新疆，何年何时到的，坐什么交通工具，你们到新疆后演的戏是什么戏（话剧，名字我记不得了），后来又演过什么话剧。你们是暂时住在汉族文化协会院子里，是否有个打球的空地，打何种类的球？有个姓王（？）的空军人员常来和你们玩球，熟了后说了一些不满于盛世才的话，因为你们警惕性高，就由徐韬到我家里研究此人，我与徐韬决定不管如何，先写信给盛世才报告此事……此事何时发生，能记得起大概的时间么？”另一方面，茅盾还向来访的老友求证，有一次，阳翰笙去交道口看望茅盾，刚开始聊天，茅盾就向他打听1926年汉口的往事，问：“那时是不是有一个人叫陈启修？”阳翰笙说：“是，是《中央日报》主编。”茅盾接着又问：“他的另一个名字是不是叫陈豹隐？”在得到阳翰笙肯定的回答后，茅盾这才和他聊起近况。事后，阳翰笙才知道茅盾在核对自己记忆中的人和事。直到1981年2月15日，茅盾修改在日本的一节回忆录时，还在给罗髫渔写信，进一步核实陈启修是不是四川人的问题。三天后，茅盾住进了医院，从此再也没有回到写作回忆录的书桌前。茅盾回忆录在1978年下半年创刊的第一辑《新文学史料》上开始连载。当时，回忆录里将商务印书馆的茶房名字写成“来宝”，发表后有人告诉茅盾，不叫来宝，叫通宝。所以，后来结集出版回忆录时，茅盾及时将名字改过来。

二是回忆历史事件时，茅盾做到谨言，只讲自己与之相关的事情经过。茅盾经历过的历史事件，大都是影响中国历史进程的大事件，比如“一大”，茅盾没有去绘声绘色讲“一大”怎么召开等等。虽然他是“一大”前参加共产党组织的党员，但他没有参加“一大”，他不能凭空想象。所以他在回忆录里只讲自己在建党前后所做的工作，所参加的一些活动。1926 年参加国民党“二大”时，茅盾目睹了中国革命的轰轰烈烈，他同样只讲自己在广州的所见所闻和自己亲身经历的往事，没有在回忆录里描述整个国民党第二次全国代表大会的全过程。在武汉大革命时期的回忆也是这样，从其回忆录中，我们只看到茅盾在武汉的身影。但是，我们又能从茅盾个人的活动中，想像到武汉大革命的轰轰烈烈。这个度，茅盾把握得很好。

三是茅盾不仅对事件能够做到谨言，而且对人也同样做到谨言，回忆中只作过程叙述，尽量不作政治定论。前面说过，茅盾一生，认识的人无数，比如汪精卫，在第一次国共合作时，汪还是青年们的革命偶像，所以在茅盾的回忆叙述中，客观地介绍自己与汪精卫的交往，没有因为汪精卫后来成为汉奸而将第一次国共合作时的汪精卫回忆成反面人物。再如与郭沫若年轻时的交往，回忆录仅仅限于介绍双方的论争。回忆三四十年代涉及文坛人事纠葛时，茅盾也是限定在文艺活动范围内。因为当年文坛错综复杂，每一个人都在时代的动态中变化。从这方面看茅盾回忆录，我们觉得茅盾是厚道的。

至于茅盾在回忆录中没有讲到自己在日本与秦德君同居一事，在茅盾去世后一直为一些人所诟病，认为茅盾隐去这一同居的事实。其实，在我看来，当时两个二三十岁的革命青年男女，在异国他乡，在孤独中相互慰藉，互有好感，同居了，这在茅盾的个人生活中仅仅是一个小插曲。所以，在回忆录写作中不提这件事，忽略这件事，对当时健在的当事人及当事人的后人都是一种尊重。况且，现在看，在同辈文化人中，在“五四”开放的文化环境里，茅盾的私生活应该说是严谨的。

茅盾回忆录是一部工程浩大的著作，茅盾根据自己的回忆录音和大量书报杂志等资料，从1977年开始，陆陆续续一直写到1981年2月18日。这一天，茅盾修改完“亡命日本”的一些内容后，身体支撑不住，第二天就去北京医院住院。而他的回忆录工程，只写到一半，即写到1934年。1981年3月27日，茅盾逝世，留下一大堆录音和资料。

茅盾逝世后，广大读者对茅盾回忆录依然充满期待，茅盾儿子韦韬先生毅然挑起整理续写茅盾回忆录的担子。所以，从1935年开始到1949年那部分的茅盾回忆录，就是韦韬先生根据茅盾已有的录音整理的。韦韬先生是整理续写茅盾回忆录的最佳人选。因为他是最熟悉茅盾生平和想法的人，而且许多图书杂志资料都是韦韬一件一件从全国各地收集起来的。所以，韦韬先生写起来十分顺手，行文风格也十分相似。续写到1949年后，韦韬先生没有再续写下去。因为茅盾没有留下自己的口述录音，不能续写。后来，韦韬与夫人陈小曼合作写自己亲身经历的茅盾晚年那一段生活，书名为《父亲茅盾的晚年》。

茅盾的回忆录，茅盾生前为它写了序，并定名为《我走过的道路》，分上、中、下三册，人民文学出版社分别在1981年10月、1984年5月、1988年9月出版。香港三联书店也同时出版繁体字版，上册为1981年8月出版，比内地版还早两个月。

（2015年）

第四辑

《延安四年》出版前后

近日搬家，在整理一大堆书和资料时，忽然一个信封跃入眼帘，打开来一看，里面装着韦韬先生亲自校对过的《延安四年》的校样和他看过校样后回复我的信，同时也有责任编辑成艳同志的一封信。韦韬先生已经在2013年7月去世，这些资料十分珍贵。

《延安四年》是茅盾的女儿沈霞在1942年至1945年间写的一部日记。这部日记于2009年3月由大象出版社作为“大象人物日记文丛”之一出版的。出版前后的往事虽时隔五年，却依然萦绕于脑际，难以忘怀。

20世纪90年代，我在业余时间专门搜集茅盾女儿沈霞的史料，但所得很少，除了茅盾回忆录里有关回忆文字外，几乎一无所获。所以在读书界、出版界乃至茅盾研究界，对茅盾女儿沈霞的情况知之甚少，甚至有的还不知道茅盾有一个这样聪慧的女儿！2001年，我见到韦韬先生，告诉他我正在找他姐姐沈霞的史料。他说，他回家找找，估计还有他姐姐的东西。不久，韦韬先生将一包沈霞学生时代的文稿原件给我邮寄过来，里面是沈霞在上海念中学时的作文以及沈霞在长沙周南女中时写的几篇小说，同时还有沈霞给父母的一些信。读着这些由茅盾和韦韬先生保存六七十年的发黄的文稿和信，看到中学老师在沈霞作文上的充满期许和肯定的评语，让我对沈霞同志充满敬意。感到茅盾女儿沈霞从小思想进步，早慧，生活中善解人意，有很高的文学天赋，是茅盾夫妇的掌上明珠，是名副其实的茅盾夫妇的“小棉袄”。

从韦韬先生那里，我逐渐了解到沈霞短暂一生的情况。沈霞，小名亚男，1921年4月出生在上海，她的小学和初中都是在上海度过的，抗战开始后，先去湖南长沙的周南女中、香港华南中学等学校求学，后随父母去新疆。1940年5月去延安，进延安中国女子大学学习，后进延安大学，为俄文专业高才生。1942年12月10日，在延安加入中国共产党，抗战胜利后，已结婚怀孕的沈霞为了响应党的号召奔赴东北，毅然去医院人流，不幸感染，1945年8月20日抢救无效，在延安国际和平医院去世，年仅24岁。这些史料以及书信，为我后来写《茅盾和他的女儿》（东方出版社2007年出版）奠定了史料基础。后来，韦韬先生又给我寄来几十张沈霞在上海、香港、新疆和延安不同时期的照片，都是从未披露过的珍贵图片。大概在2005年前后，韦韬先生在整理资料时，又将新发现的沈霞在延安写的两个小本子寄给我，说这是他姐姐沈霞在延安写的日记。这是两个颇精致的“拍子本”。但是，沈霞的日记没有她写的作文那样清晰，因为延安艰苦条件的限制，日记本上的字非常小，又有不少当时不规范的简写字，加上年代久远，不少字还很难辨认。但是，这样珍贵的史料，如果不抄录下来，湮灭是难免的事。于是，我请两位同事帮忙，边辨认边打印，几个月下来，两个小本子上的日记竟打印了十万字！我初校后又立刻将打印稿寄请韦韬先生校对，因为韦韬先生当时也在延安，熟悉他姐姐日记里面所记的环境以及人和事，也熟悉当年那些简化字。所以，由韦韬先生校对起来，也颇顺利。其间，韦韬还从其他本子上发现的沈霞日记亲自抄录后寄来。因此，经过两年多的努力，一部十多万字规模的沈霞日记形成了。

正好李辉兄在大象出版社主持一套“大象人物日记文丛”，我推荐给李辉兄后，他欣然同意列入文丛出版。大象出版社收到沈霞日记书稿后，也十分重视，责任编辑成艳同志很快作了精心编辑，并将书稿校样寄我两份，于是我赶快给韦韬先生寄去一份，请他校对审定并把关。2008 年 11 月 10 日，韦韬先生写了一封信，连同校样一并寄我，对如何编印沈霞日记提出了十分重要的意见。信中说：

桂松同志：

日记总算校对完了，花了十多天。人老了，精力不足，一天干不了几小时，实在悲哀。

校过以后，有以下几个问题，提出来请你考虑。

一、书名问题。从校样上看，原来书名叫“延安四年”，现改为“沈霞日记”。我以为两者各有优点，前者突出了“延安”，后者指明是“沈霞日记”。我建议把两者的长处合并，把书名定为《沈霞延安日记》。因为对一般读者来讲，光是“日记”，引不起注意，有了“延安”二字，就有了想阅读的欲望。

二、目录问题。目录上缺了两篇东西，一篇是你写的《一个理想追求者的内心独白》，另一篇是《整理说明》。你寄来的校样中没有第一篇，我从我的存稿中添上了，你的这一篇文章应排在第一篇（亦可作为代序），这很重要，因为它是引导读者们如何阅读这本书的指针。

《整理说明》排在第二，然后是日记本文，最后是我的怀念文章。

这样一来，页码需要全部改动。如果这样变动太费工夫，也可以把第一、二篇文章单排页码，日记部分的页码就不变动。

三、注释问题。校样中前面十几页有一些注释，后面就没有了。这样就不一致。我的意见，凡是女大、延大、俄语学校的同学一概不注，而且也不可能详注。注释只保留两个人，即马寅和姚铁，他俩都不是姐姐的同学，而是姐的朋友，而且是当时延安青年中的“著名人士”。

此外，注释中我增加了对张琴秋、陈学昭、陆缀文、张闻天，以及萧逸和阿桑的必要注解。

这样是否妥当，请考虑。

四、校对问题。这次校对，有的我核对了原件，纠正了一些错漏。有个别字的改动是考虑到记日记时的随意性而出现的一些笔误或矛盾，现加以订正，尽量不用“原文如此”的夹注。

另外，日记是断断续续的，有间隔一二星期的。但有两处（1942 年和 1945 年）中间相隔了半年。我在校样上在这两处加了几个★的标记，提醒读者注意时间的变换。

五、关于《整理说明》。《整理说明》中，前面一大段文字与《一个理想追求者的内心独白》有重复，可否加以删节，把内容集中在日记的背景、以及现在整理和简单的介绍上。请考虑。（我用铅笔作了初步的删节）

六、照片问题。可否在书中增加一些照片，主要是姐姐的、萧逸的，以及我和我父母在延安的照片。增加的办法有二：一是插在文字中间，但这个办法必须全部打乱重新排版，显然行不通。二是增加几页照片的专页，书前一页，书后一页，中间每一年的开始加一页。书前用姐姐的单人头像，书后用姐姐的葬礼的一些照片，中间的三页用其他照片。究竟如何好，请考虑。

这一年，韦韬先生已经85岁高龄，在这封信中，处处以商量的口吻，提出自己的想法和建议，让人感到格外亲切和平易近人。同时，韦韬先生对他姐姐的深厚感情也一目了然。

当时我收到韦韬先生的信及他审过的沈霞日记校样后，立即给责任编辑成艳同志寄去，供她参考。2008年12月12日，成艳同志给我来信，就沈霞日记的编辑问题，表达了自己的意见。她在信中说：

您和韦韬先生的校样和来信我都仔细读过了，对于韦先生提出的建议，我作如下回复：

1. 书名，仍然用“延安四年”，出版此书的目的和根本价值是在“延安”二字上，如果加上沈霞二字，显得太冗长。综观本套书的书名，一种是名人日记，如《巴金日记》《聂耳日记》，另一种则侧重于事件、时间或地点，如《早春三年日记》《我的复旦四年》，所以我意，仍取“延安四年”。校样上的沈霞日记是排版之误。

2. 目录，同意韦先生意见。

3. 注释，遵嘱将韦先生的校样寄还给您。但有二处不明确：一、p65，字迹不认识；二、

p94，人名请再核实。

4. 照片。您前年曾寄给我 4 张照片和 3 张手迹。其中一张照片后的文字介绍有些模糊，就是 1934 年那张，请您再告诉我一下。……此外，关于照片，不要选葬礼的照片，我意：单人照片 2 张（一张放封面，一张入书前）；茅盾夫妇及姐弟俩在延安的合影（最好在延安的）；姐弟俩；与萧逸的合影（已有）。有可能的话，提供 1—3 张照片。

这是责任编辑成艳同志来信的有关内容。后来我又根据责任编辑建议，作了补充。成艳同志是个年轻的资深编辑，编辑过国内很有影响力的“大象人物聚焦书系”“大象人物自述文丛”等等，对编辑业务十分熟悉又十分敬业，工作一丝不苟。所以我后来将成艳同志的意见告诉韦韬先生后，韦韬先生欣然同意。2009 年 3 月，沈霞的《延安四年（1942—1945）》如期出版，这本淡雅干净的日记集，收进了沈霞五张照片，其中与其丈夫萧逸有两张，这些照片和沈霞日记一样，都十分珍贵。当年沈霞去世后，她生前的物品由丈夫萧逸保管，1949年萧逸作为新华社战地记者在解放太原时牺牲后，其战友将萧逸的遗物包括一直带在身边的沈霞的遗物送到在北平的茅盾手里。所以，沈霞的文稿和照片都是由其父亲茅盾一直保存在身边的。1981年3月，茅盾去世后，由韦韬先生保存。

《延安四年》全书除了丛书总序外，有我写的《一个理想追求者的内心独白——读沈霞日记》，作为代序，还有一个简短的“整理说明”。然后是日记正文。日记后面是韦韬先生《怀念姐姐沈霞》的回忆文章。因此，这部写在小本子上零乱的日记，经过整理，既保持日记原貌，又能让新世纪的读者深切了解当年延安一个革命青年的理想追求。

（2014年）

一位不应遗忘的新文学作家

二十世纪二十年代初，上海文坛曾有一位思想进步、文思敏捷、知识丰富而又相当活跃的作家，他不仅翻译了数百万言的外国文学作品和文艺理论，而且也发表了小说、诗歌和文艺评论，为中国的新文学事业做出了不可磨灭的贡献。他就是我党早期杰出的活动家、文学研究会会员、茅盾先生的胞弟沈泽民同志。

沈泽民同志于1900年6月23日出生于浙江桐乡乌镇，自幼聪颖、勤奋，在小学中学阶段，各科成绩一直名列前茅，得到老师的器重。1917年于省立三中（在湖州）毕业后，他考入培养水利工程技术人员的南京河海工程专门学校。在南京读书期间，恰逢苏联十月革命和轰轰烈烈的五四运动，使沈泽民的思想发生了很大变化，对马克思主义和文学产生了浓厚兴趣，并开始了对革命和文学事业的实际追求。五四运动发生的那年暑假里，沈泽民风尘仆仆地回到故乡，与其胞兄沈雁冰及桐乡的一些青年知识分子创办了《新乡人》杂志，反对地方恶势力，倡导白话新文学，并冒着酷暑创作白话小说，揭露底层劳动人民的悲惨生活，控诉旧社会的黑暗。同年11月，沈泽民在南京与杨贤江、左学训、黄仲苏等11人成立“少年中国学会”南京分会，积极从事革命活动。

次年，沈泽民为了更好地追求革命真理，放弃了即将到手的文凭，与同窗好友张闻天一起辍学来到上海，并于7月14日离开祖国，东渡日本求学。次年初回国后，他积极从事新文学活动和革命活动，不久即加入文学研究会和中国共产党，成为二十年代初少数党员作家之一。1923年前后，沈泽民与恽代英、肖楚女等发起“革命文学”运动，撰写了《我们需要怎样的文艺》《文学与革命的文学》等文章，竭力宣传马克思主义的文学主张，倡导“能痛切地描写现代中国大多数民众的生活，且暗示他们的背景与前途”的革命文学。“五卅运动”后，沈泽民与夫人张琴秋先后去莫斯科中山大学深造。1930 年在周恩来同志的精心安排下回国。在中共中央六届四中全会上，沈泽民同志被选为中央候补委员，任中共中央宣传部部长。不久，他与夫人一起离开上海去鄂豫皖革命根据地进行武装斗争，1933 年 11 月 20 日牺牲于湖北黄安县，年仅 34 岁。

沈泽民同志的牺牲，不仅是中国革命的损失，也是中国现代文坛的一大损失。他才华横溢，绝顶聪明，懂英、日、俄三国外文，而且很早就进行白话小说的创作。早在 1919 年，他就在家乡办的《新乡人》杂志上发表了《呆子》《阿文和他的姊姊》两篇短篇小说。《呆子》刻画了一个名叫宝儿的封建地主阶级的叛逆者形象。其父王崇古逼他去乡下向佃户催租时，他恳请父亲免去佃户的租，遭到父亲的严厉训斥，当他知道不能说服父亲时，“他低头想了一下”后，答应去乡下。当他在乡下看到一幅萧条景象和佃户的困苦之后，宝儿毅然当着佃户的面撕掉田契，空手而归。于是，宝儿与其父王崇古的矛盾冲突发展到白热化的程度。最后，宝儿不带一分不义之财，从这个封建地主家庭中出走。故事到此为止，但旁人却各有议论，其中有一种观点认为宝儿放弃家财不享受，是“呆子”。这篇作品虽短，但揭示了在五四运动的影响下，青年知识分子正在觉醒，出身于剥削阶级家庭的青年也在抗争、在分化。所以，这篇白话小说，具有一定的社会意义。

《阿文和他的姊姊》是沈泽民在 1919 年直接描写农村底层劳动人民卖儿鬻女的悲惨生活的一个短篇小说。它描写了一个叫陈大的农民因“没有饭吃”而将十一岁女儿爱珍出卖的故事。小说没有惊心动魄的场面，也没有离奇的情节，而作者别出心裁地用八岁的阿文为故事的核心人物，如诉如泣地写出了一个悲剧。作品一开头，沈泽民就点明阿文是农民陈大夫妇的末堂儿子，因而十分疼爱，“年已半百仅止一个儿子，所以，爱得比公子一样”。而陈大的另一个孩子爱珍，却因是个女孩而得不到父母的宠爱，“女孩子养大了终是赔钱货！”至此，沈泽民放下父子母女这一层关系，而轻轻地转到姐弟关系上。天真无邪的阿文却和父母相反，与姊姊爱珍十分亲爱，“冬天堆雪人，夏天游水浴”，两人并坐在草地上“咿咿呀呀地唱那天籁的歌曲”，姊弟两人形影不离，“一个不在面前，那个便没有兴趣，唱也唱不了，跑也跑不了，种种玩耍也不要了，直到寻到那伴侣方才快活，携着手，唱着歌，向田野里去玩耍。”但是，姊弟俩这种天真活泼的童年生活随着家里“没饭吃”而过早地结束了。阿文八岁那年，阿文的父母将整天在田里地里劳动的爱珍以五十元的身价卖掉了。于是，八岁的阿文失去了天真，失去了欢乐，失去了姊姊的疼爱。因此，作品最后出现的是一幅催人泪下的画面。这幅画面，虽然没有眼泪，却比听见哭声还要悲惨！没有捆绑，却比强盗抢劫还要凶狠！姊弟俩没有一句道别的话，却有说不尽的心里话。阿文这时仍那样天真，更令人心酸，催人泪下！这八岁的幼童，正当天真之年，却也在遭受人间的苦难，这是多么揪人心肺、灭绝人性的一幕！

小说所描写的故事是简单的，但它揭示的社会意义是深刻的，具有普遍的意义。它不仅鞭笞了旧社会的黑暗和反映了底层劳动人民的悲惨生活，而且也抨击了农民思想中的封建落后意识。小说在语言上，完全采用白话文，情真意切，娓娓道来，更显得一幅凄风苦雨的情状，从而使作品增添了悲剧气氛。

这篇作品至今已六十余年，沈泽民同志牺牲也已半个多世纪了，但今天这一作品仍有阅读价值：一则可以懂得中国新文学事业创业的艰辛，二则可以懂得今天幸福生活的来之不易，更不要忘记为新文学事业和中国革命事业贡献了宝贵青春的沈泽民同志。

（1991 年）

茅盾和他的儿女

中国现代作家的家庭生活中，茅盾先生的家庭是一个典型的传统型的中国式家庭。在20世纪，茅盾先生的家庭生活与时代风云紧密相连，演绎了一曲与时代相关的家庭生活壮歌。

19世纪末，茅盾出生于江南水乡乌镇，随着废科举、兴学堂的风气兴起，茅盾顺利地念了小学、中学，然后进入北京大学。1916年毕业后他又顺利地进入上海商务印书馆工作。工作后不久，热衷宣传新文化的茅盾回乡与幼时订的娃娃亲孔家小姐结婚。

孔家并不是穷苦人家，只是当时有些没落。孔家当时依然保持着“女子无才便是德”的旧思想、旧意识，因此孔家小姐没有上过学。茅盾在母亲的操持下与不识字的孔小姐结了婚。婚后，茅盾给妻子取名德沚。后来，孔德沚发愤读书，从一个不识字的孔家小姐成为帮丈夫手抄《子夜》的贤内助。这虽然在中国新文化界没有成为佳话，但茅盾夫妇相濡以沫、白头偕老却是不争的事实。

茅盾夫妇都出生在乌镇，女儿和儿子则生在上海长在上海，是地道的上海人。女儿沈霞1921年4月出生，隔了两年，1923年2月，儿子沈霜出生。二十世纪二十年代前五年，是茅盾一生中最为忙碌的岁月，他1921年开始主编《小说月报》，一个人唱独角戏，又编又写，还要联络作者，同时还要写文章抨击旧文化势力。1920年10月，茅盾加入共产党组织，在1921年成为早期的共产党员以后，茅盾还要参加共产党组织的革命活动，包括组织学习、开会，开展革命活动，同时还担任中央联络员，负责与全国各地的党组织联系。国共第一次合作后，茅盾依然忙得团团转，他说，开始是白天搞文学，晚上搞政治，到后来，晚上搞政治，连白天也要搞政治。而此时的茅盾夫人孔德沚女士也被茅盾的革命工作所感召，投身革命，参加共产党，开始在上海从事女工工作，同时她又上夜校补习文化。

鉴于此，茅盾夫妇把年幼的女儿和儿子交给在上海的茅盾的母亲陈爱珠。后来，这双儿女先后上了商务印书馆的幼儿园。有时，住在隔壁的瞿秋白到幼儿园接自己女儿瞿独伊时，也会替茅盾接一下女儿。茅盾的儿子沈霜对大革命之前的记忆不是很深，但女儿沈霞清楚地记得，他们平时很少见到忙碌的父亲，晚上睡觉时，父亲还没有回来，等她早上醒来时，父亲已经出门去了。

在沈霜幼时的记忆里，与父亲茅盾最亲近的时候，是大革命失败后茅盾隐居在上海的家里，在阁楼上写《蚀》三部曲的时候。因为，此时的茅盾正被蒋介石政府通缉，无法到外面开展正常的革命工作。所以，他转入地下，躲在家里写小说。而这样的状态，对五六岁天真的沈霜来说，正是他所期盼的。但是，此时的茅盾最关注的依然是自己的文学创作，对儿子的教育，用沈霜的话来说，是“放羊”式的，基本上不管，他鼓励儿子自由发展。

二十世纪三十年代初，沈霜上小学后，喜欢看闲书，看《西游记》《水浒传》《封神榜》等，现代小说则喜欢巴金的《灭亡》，以及当时新出版的武侠小说；而对父亲的扛鼎之作《子夜》，沈霜还看不懂，他勉强读到一半就放下了，但是对充满蚕乡风味的《春蚕》则非常喜欢，尤其是对小说中带有叛逆性格的年轻人多多头，则感觉很可爱，认为他有义气。

少年沈霜与大多数同龄人一样，对武侠小说非常喜欢，但茅盾的书柜里很少有武侠小说，据说只有《江湖奇侠传》。沈霜看完后觉得不过瘾，便到马路租书摊上去租连环画看。茅盾看到儿子喜欢看武侠小说，并不反对。他对儿子提出三个要求：一是要看文笔好的书，二是要看口碑好的书，三是看武侠小说不能看得太入迷。沈霜除了看武侠小说外，还看了不少通俗的社会科学方面的书。

沈霜晚年回忆少年时代看书经历时说："记得有一本美国房龙著的《人类的故事》，这是一本故事性趣味性都很强的著作，我看得入了迷。父亲发现后，悄悄地买了一本同一作者著的关于世界地理知识的书——《我们的世界》，我同样读得津津有味。”

当时，茅盾发现儿子沈霜看书很杂，而且对数学似有天赋，课堂上的数学课，沈霜稍加预习，成绩就轻易领先，这让一直记得自己父亲遗言的茅盾十分欣慰，他悄悄地对夫人孔德沚说：“看来我爸爸的遗愿要在阿霜身上实现了。”言辞间洋溢着欣慰。

小学六年级时，在进步老师的影响下，沈霜开始参加救国会组织的上街游行活动。这让本来参加游行是家常便饭的过来人茅盾夫妇既高兴又担心，高兴的是儿子也有革命的萌芽了，担心的是生怕出什么意外。每次游行回来，沈霜都兴高采烈地讲述自己参加游行的兴奋和激动。这深深感染了茅盾夫妇，茅盾以儿子参加游行的故事为原型，写了一个儿童小说《儿子开会去了》，惟妙惟肖地刻画了父母的心理和儿子勇于向上的精神风貌。

二十世纪三十年代，茅盾的稿费收入源源不断，一大批新文学作品问世，在中国文坛奠定了地位。家里，茅盾母亲操持家务，夫人孔德沚从事革命活动，女儿聪慧，儿子活泼，是一家人生活最为安定的时光。

茅盾一家其乐融融的幸福生活不久就被日本侵略者的炮火所摧毁。上海“八一三事件”后，茅盾陪母亲回乌镇安顿好，便带着妻子和一双儿女开始长达八年的逃难生活，他们奔波在长沙、香港、迪化（即乌鲁木齐）、延安、重庆等地。一双正要读书的儿女也随父母奔波，吃尽逃难之苦。在八年的时间里，茅盾一家经历了战时生离死别的人间苦难。

正当茅盾一家因在新疆度日如年、朝不保夕时，忽然接到二叔沈仲襄从上海沦陷区发来的电报，二叔告诉茅盾：“大嫂已于4月17日在乌镇去世。”这让事母极孝的茅盾悲痛不已，他在悲痛中突然想到控制新疆的盛世才的阴鸷和假意。便想：何不以母亲去世需要去乌镇料理后事的理由逃离新疆？

不久，茅盾以失去自己敬爱的母亲为由，向盛世才申请离疆，得到批准后，茅盾携妻子和儿女逃出虎口！一路上，一家人有惊无险，最后终于到达革命圣地延安，见到了毛泽东、陈云、张闻天等领导人。此时已是抗战相持阶段的1940年的5月，女儿沈霞十九岁、儿子沈霜十七岁。

这年10月，茅盾奉周恩来之召赴重庆时，将一双儿女留在延安，沈霞进了延安女子大学，沈霜进了陕北公学。后来，茅盾夫妇又奔波多地，儿女不在身边，让他们很是牵挂。虽然孩子们对革命道理懂得早，但毕竟从小是在衣食无忧的环境中长大的，现在远离父母，这让身为父亲的茅盾无时无刻不在牵挂他们。

1942年秋天，茅盾在桂林创作以故乡为题材的《霜叶红似二月花》，思绪停留在故乡乌镇的人和事中，自然也想起在延安的儿女。他在一首诗中流露出对他们的思念："落落人间啼笑寂，侧身北望思悠悠。"在另一首《感怀》中也有："双双小儿女，驰书诉契阔。梦晤如生平，欢笑复呜咽。"

此时，沈氏姐弟在延安这片热土上虽然过着艰苦的生活，但他们健康成长，先后参加了中国共产党。沈霞1942年入党，沈霜1945年加入共产党，并在大生产运动中被评为劳动模范。当时刚到延安的沈霜和其他的革命青年一样，努力想走一条自力更生的人生道路，他嫌"沈霜"的名字容易让人想起沈雁冰，他不愿在父亲的光环下生活。于是，他就自作主张改名

“韦韬”，认为“韦”有韧性，“韬”有锋芒不外露的含意。

正因为如此，年轻的韦韬有时连给父母写信，也是在姐姐沈霞的催促下才简单写几句。对茅盾来说，接到女儿甜蜜的回信是一种享受，对儿子情况，则常常是通过女儿的渠道来知晓他的行踪。

正当抗战胜利之时，二十四岁的沈霞已在延安结婚怀孕，因为随学校远赴东北而去和平国际医院做人流，结果不慎感染，于1945年8月20日去世。这对茅盾夫妇来说，简直是晴天霹雳，成为他们一辈子都无法平复的痛！日寇的侵略，让茅盾的母亲陈爱珠一个人在乌镇老屋里孤零零地去世，儿孙们都在外面逃难；而茅盾视为掌上明珠的女儿沈霞无论结婚还是怀孕，父母都不在身边，以致发生意外，现在竟去世了！虽然母亲和女儿没有直接死在日寇的屠刀下，但都和日本侵略有关。如果没有这场战争，茅盾一家生活在上海，过着小康生活，母亲也不会一个人孤零零地生活而后去世，女儿也决不会发生这样的意外！

在解放战争期间，茅盾夫妇依然将儿子韦韬送进革命队伍，先后在北平《解放》三日刊、《辽宁日报》《安东日报》《沈阳时报》《东北日报》《长江日报》等媒体当记者、编辑。新中国成立后，茅盾担任新中国第一任文化部部长，而韦韬在北外学习后，被分配到南京军事学院当翻译和编辑，后来调往北京，在军事院校当编辑。

新中国成立以后，许多人开始享受革命成功的成果。而深受父亲影响的韦韬，对信仰始终坚贞不渝，做人又十分低调。他在新中国成立前最怕听人家介绍他时说："这是茅盾儿子。"他生怕生活在父亲的光环里，影响自己的进步。

他从不以名人之后自居,更不以革命有功者自居，始终保持朴素的本色。韦韬的夫人陈小曼告诉我，当年她和韦韬结婚后在南京工作生活，他们和一般干部一样，吃大灶，即普通食堂，后来有人告诉陈小曼，按照韦韬的革命资格，他们可以吃中灶，即可以去专门的小食堂吃饭。但他们从来没有想过这些。这与茅盾家风是分不开的。

茅盾是最早参加中国共产党的党员之一。后来与组织失去联系后，曾多次要求重新加入，第一次是20世纪30年代初向瞿秋白提出，但当时中共中央的组织生活还不正常，茅盾没有得到回应；第二次是1940年在延安，向张闻天提出，后来张闻天告诉他，党中央认真研究了他的请求，觉得他还是留在党外可以发挥更大作用。对此茅盾没有二话，服从组织的安排，愉快地赴重庆参加文化工作委员会的工作。新中国成立后，有不少亲朋好友劝茅盾向党中央提出请求，要求回到共产党内。茅盾始终没有答应。他说："现在共产党得了天下，我不想再来分享共产党的荣誉。"还说："我虽不是党员，但自己一直以来都是以一个共产主义者的标准来要求自己的。"这无形中深深地影响了韦韬。

粉碎"四人帮"后，在中央的关心下，茅盾加快了回忆录的写作节奏，因此，他非常正式地向中央军委和中央统战部提出申请，希望韦韬到自己身边帮忙。经军委和统战部等组织同意后，韦韬到父亲身边协助父亲查找资料，回忆往事。1980年7月，韦韬从军事院校提前办理离休，专心致志、一心一意地帮助父亲写作回忆录。此时，韦韬只有57岁。

1981年3月27日，一代文学巨匠茅盾在北京逝世。

茅盾去世之后，有关茅盾一切事务，都落在年近六十的韦韬肩上，他不为名不为利，上下奔波。在茅盾去世后不久，中央书记处明确了三件大事：一是成立《茅盾全集》编委会，出版《茅盾全集》；二是成立全国性的学术团体——中国茅盾研究学会（后改名为中国茅盾研究会）；三是确定北京交道口南三条13号和乌镇观前街的两处茅盾晚年生活及茅盾出生地为茅盾故居。1983年3月，全国茅盾研究学术讨论会召开，成立茅盾研究学会。不久，《茅盾全集》编辑工作启动，茅盾故居的修葺和乔迁工作也逐步展开。韦韬当时接到中央认定交道口南三条13号茅盾晚年生活过的房子为“茅盾故居”后，他立刻搬出与父亲朝夕相处多年的四合院住所，搬至新街口外的公寓房，并将茅盾生前用过的家用器具、书籍等，都原封不动地留在故居。所以，茅盾故居至今依然保留着茅盾生前的气息和模样。

几十年来，韦韬无偿向北京、上海及故乡浙江桐乡等地相关单位捐献茅盾的全部书籍手稿，假如按近年茅盾几十页《读最近短篇小说》手稿拍卖价一千余万的价值计算，恐怕韦韬无偿捐出的手稿、书信价值达数十亿人民币。今天乌镇茅盾故居展示的茅盾遗物，都是韦韬先生当年无偿捐给乌镇茅盾故居的。

人民文学出版社出版《茅盾全集》后，八十多岁高龄的韦韬先生做了大量搜集补遗工作。在2006年整理两大册72万多字的全集补遗后，韦韬又将遗漏的茅盾文稿、书信等，重新编入黄山书社出版的《茅盾全集》，具体到插入何卷何页，并关照我把关。看到老人认真写的几十页编辑意见，让我震撼的同时也深为感动。韦韬是在用自己的生命保护父亲茅盾的文学遗产。

茅盾是韦韬的父亲，也是中国乃至世界的文学巨匠。从二十世纪八十年代开始，韦韬整理出版了三卷本茅盾回忆录以后，又开始以儿子的身份回忆父亲茅盾，先后与夫人陈小曼合作出版了《父亲茅盾的晚年》《我的父亲茅盾》等，给读者、研究者提供了大量真实可信的史料。同时他又以一个人的力量，编辑出版了十卷《茅盾译文全集》。

韦韬在茅盾去世后，无私推动国内外茅盾研究的同时，依然保持着朴实低调的家风，他七八十岁时，还常常骑着旧自行车，穿过半个北京城，到茅盾故居或者到宾馆参加会议。到外地参加会议，或者回到故乡参加活动，他没有半点架子，住普通房间，不铺张，不收任何礼品。2007 年，韦韬将最后一批上千件珍贵文件如茅盾的手稿、照片等，全部无偿捐献给茅盾故乡的桐乡档案馆。他说："现在父亲留下来的东西都处理妥当了，都有了合适的归宿，新版的《茅盾全集》，出版社也落实了。"言下之意，他对自己几十年的努力，感到欣慰。

一切放下以后，2011 年的春天，八十八岁的韦韬回到乌镇，替父母、祖母扫墓，他缓步走到父母的墓前，恭恭敬敬地把花篮放在墓碑前，凝视着父亲茅盾的铜像，无限深情地说："爸爸、妈妈，阿霜来看你们了。你们在地下还好吧？我想应该很好的，这里环境很好，许多人都常来看你们，可是儿子来得就少了，有三四年没有来看你们了。你们在地下是不是和姐姐在一起啊？姐姐的骨灰被胡宗南到延安时弄掉了，再没有找到。不过我相信姐姐的灵魂一定和你们在一起，我想你们三个一定很高兴，有时候还可以到旁边看看娘娘（祖母）。儿子现在也老了，八十八了，也许不久的将来，儿子也到你们那里去了，我们可以一起去看娘娘，恢复我们三十年代时这样一个小的家庭生活，好不好啊？”发自肺腑的心声，让在场的每个人都为之动容。

两年以后，2013 年 7 月 14 日，韦韬在北京去世。这一年的冬至，按照他的遗愿，他的骨灰被安放在乌镇茅盾夫妇的墓侧，他终于与他的父母在一起了。他生前托付我主编的 42 卷《茅盾全集》，在 2014 年 3 月由黄山书社出版。我相信，韦韬先生定会含笑九泉。

（2016 年）

关于茅盾和茅盾研究的几个问题

一、茅盾的生平概要

茅盾一生经历的历史事件无数，辛亥革命时，他在嘉兴府中学堂读书，五四运动时在上海工作；1921年中国共产党成立，担任中央联络员，从此，茅盾全身心投入中国革命。第一次国共合作时，茅盾亲自参与其中，与20世纪的精英人物如毛泽东等共事；1927年大革命时期，置身于革命洪流之中，负责影响甚广的《汉口民国日报》。大革命失败后，茅盾被蒋介石通缉，从庐山回到上海，只能隐居在阁楼上写小说，本以为时过境迁，可以重返政治舞台，实现自已当职业革命家的梦想。但没想到，“茅盾”这个名字，在中国文坛横空出世，为读者所瞩目！写完三部曲《蚀》后，1928 年 7 月，茅盾去了日本，这一年，茅盾 33 岁。在日本，茅盾和同为革命青年的秦德君有过一段同居生活。

1930 年春天，茅盾回到上海。此时的他，没有工作单位，没有组织背景，没有稳定收入来源，几年前大革命时代的熟人、朋友，不少已经分道扬镳，有的甚至阴阳两隔。国共合作早已破裂，共产党已经转入地下。所以，此时的茅盾，只好依然以写作为生。

在 20 世纪 30 年代，茅盾创作了大家熟悉的、影响几代人的作品，如《子夜》《林家铺子》《春蚕》等，这些作品奠定了茅盾作为现代文学大师的崇高地位。这 5 年里，茅盾虽然没有单位领工资奖金，但是，恰恰是他创作最丰富、收入最多、小家庭生活最安定的时期。茅盾儿子韦韬先生晚年依然怀念三十年代其乐融融的家庭生活！

抗战开始后，茅盾的安稳日子被日本人的炮火打破了。他先到长沙，后到广州，再到香港。在香港办《文艺阵地》，宣传抗日。1939年，茅盾率全家应新疆盛世才的邀请，开始了险象环生的新疆之行。当时茅盾在新疆，稍有不慎，就有性命之虞。1940年4月17日，茅盾母亲陈爱珠在乌镇去世，20日收到二叔仲襄电报后，给茅盾一个逃出新疆的借口和机会。几天以后，茅盾一家终于逃离新疆，于1940年5月26日到达延安。在延安，茅盾见到当年的同事、战友，如毛泽东、张闻天、陈云、博古等，他们正在延安这个山沟里创造一个新天地！茅盾到达延安后，一种天然的归宿感让他十分兴奋。几个月后，根据中共中央安排，茅盾将一双儿女留在延安，自己偕夫人去重庆，在第二次国共合作中以无党派人士的身份进行公开活动。不久，“皖南事变”爆发，茅盾在周恩来的安排下，又去香港避难。这次在香港有两件事值得一说，一是写了《腐蚀》这部小说；二是主编《笔谈》杂志。后来，太平洋战争爆发，香港沦陷，茅盾夫妇在党组织的安排下，撤退到广西桂林，在桂林住了9个月，创作了鼎鼎大名的《霜叶红似二月花》，应该说，这是茅盾在20世纪40年代创作的最有文化深度的一部作品。

1942年的12月，茅盾表面上应国民党中央政府之邀，实际上是在中共中央同意后，偕夫人又到重庆，一直住到抗战结束。其间实际工作是由中共党组织安排，尤其是在周恩来的直接指挥领导下从事抗战活动。

1945年是茅盾较为风光，却也最为心痛的一年。说风光，就是党为茅盾庆祝五十寿辰，可见党对茅盾的高度认可和高度评价，让茅盾的人生达到辉煌的顶点；另一件事是他创作的话剧《清明前后》在党的推动下，轰动山城。说心痛，就是在这一年8月20日，其24岁的女儿沈霞在延安不幸去世，成为茅盾心中永远无法弥合的痛！茅盾从此以后再也不创作剧本，女儿去世的痛，永远留在这位文坛巨匠的心底。

1946年春天，茅盾绕道广州、香港，回到上海。这一年的12月5日，茅盾应苏联政府邀请，启程赴苏联访问。后来，随着国内形势的紧张，在中共的安排下，茅盾夫妇于1947年底再去香港，一直到1948年12月，茅盾和其他民主人士秘密回到东北，开始新中国的筹建工作。

茅盾在1949年2月25日进入北平，这一年，他

54岁。

新中国成立后，茅盾担任文化部部长、文联副主席、中国作协主席。1965年1月，茅盾卸去当了15年的文化部部长，改任全国政协副主席。1981年3月27日，茅盾去世，享年85岁。

茅盾去世后，中共中央决定恢复他的党籍，党龄从1921年算起。而茅盾逝世前写好的给中央和作协的两封信，给予1981年的中国及中国文艺界极大的震动和鼓舞，之后，中央书记处同意确认北京、乌镇两处茅盾故居，同意出版《茅盾全集》，成立全国性的茅盾研究（学）会，根据茅盾遗愿，设立长篇小说“茅盾文学奖”。

二、茅盾研究中值得思考的几个问题

茅盾一生经历的事件，几乎包括了20世纪所有重大事件，如辛亥革命、五四运动、中共诞生、北伐战争、抗日战争、新中国成立、“反右”、“大跃进”、“文革”、粉碎“四人帮”、十一届三中全会。所以，茅盾的思想认识也是随时代的发展变化而发展变化。茅盾的文学成果达一千四百多万字，而研究的成果也洋洋大观。尤其是近三十年来，茅盾研究正在向深度和广度发展，一批年轻的硕士、博士凭借自己扎实的学术功底，在新世纪的茅盾研究中做出新的贡献。如梁竟男、康新慧的《茅盾小说历史叙事研究》，商昌宝的《茅盾先生晚年》，以及罗维斯、妥佳宁等青年学者的茅盾研究，都是有深度有高度的研究。这几年，中国茅盾研究会每年出版《茅盾研究》，也为推进茅盾研究，搭建了一个交流展示的平台。

但是，茅盾研究和其他领域一样，还有许多问题有待深化，下面，笔者将自己想到的提出来，供大家参考：

1. 对茅盾如何脱颖而出的环境的研究

茅盾成长的主客观环境值得我们进一步关注，他为什么在商务印书馆能够脱颖而出？其中的一些现象很耐人寻味。

比如，茅盾进商务印书馆后，写一封批评自己直接上司高梦旦编辑的《辞源》的信，平心而论，高梦旦对《辞源》是花了心血的，但是他不但不以为忤，反而让茅盾到更适合他发展的岗位上。茅盾做好本职工作外，写大量文章，参加共产党，与旧文人打笔墨官司，与新文人论争，商务印书馆不是不知道，但都能容忍。茅盾发动职工与自己的老板斗争，在茅盾离开商务印书馆时，商务印书馆还给他股票表示感谢！法国汉学家戴仁先生说茅盾的“不务正业”，却为先进的中国共产党政党建设做出了贡献。

比如，中国共产党初建，没有经费，共产国际不给钱，或者给少量的钱，茅盾利用职务之便与陈望道他们商量，以每夜翻译一万余字的速度，将译稿卖给商务印书馆，茅盾给他们开高稿费，千字五元，提供给党组织作活动经费。

2. 茅盾在大革命后与中共组织的关系

黄慕兰在回忆录中有新的说法，说茅盾回上海写小说，是党的指示，说支票是她送去的，董必武给茅盾“隐于笔耕，善自珍重，后会有期”的指示也是她传达给茅盾的。20世纪70年代末，黄慕兰看望茅盾时，也当面提醒过茅盾当年这件事，而茅盾回忆录中却没有这样说，只说接到撤退的通知，并收到支票等。真相如何？值得研究。

3. 茅盾 20 世纪 30 年代的创作黄金时期的总体研究有待深化

对 20 世纪 30 年代茅盾作品的个体研究不少，如《子夜》《林家铺子》《春蚕》等单部、单篇的研究不少。但是，对这五六年的茅盾创作黄金时期，联系起来做的整体研究还很少。为什么这个时期茅盾能够写得这么多、这么好？希望能有史实、有理论、有分析的研究，这是笔者所期待的，因为这样的研究，有利于当下中国文学的繁荣。

4. 抗战时期的茅盾研究有待拓展

茅盾在抗战时期，主编《文艺阵地》《笔谈》，其经验、教训、贡献，至今尚未引起研究界足够注意，可以说是空白点。对茅盾在抗战期间的小说创作研究，除《霜叶红似二月花》《腐蚀》外，有关抗战题材的长篇小说研究太薄弱；还有茅盾在香港、桂林、延安等地的创作研究也不多、不深入，尤其是对他在新疆时期的研究更少。据说，当年盛世才在新疆的不少档案存于台湾，其中不少涉及茅盾。

5. 新中国成立后的茅盾研究空间更大，空白点更多。

可以从不同角度、不同层面来解读茅盾，包括政治运动中的茅盾，“大跃进”中的茅盾，“反右”时的茅盾，“文革”中的茅盾等，需要从历史档案中挖掘，实事求是，勾勒出一个活生生的、生活在当时语境和环境下的茅盾。

6．希望有一部完备的《茅盾年谱》

年谱现有万树玉本、查国华本、唐金海本，这些年谱对推动茅盾研究都有积极贡献，有开创、开拓之功。但是，随着时间的推移，许多史料的出现，在时间上和内容上有不少地方需要增补。因此，建议中国茅盾研究会等研究机构牵头立项，重修一部茅盾长编年谱，供以后之用。

（2015 年）

在茅盾研究的路上

从1986年出版第一本茅盾研究的书以来，到2013年，我已经出版茅盾研究著作十多部，加上丰子恺、钱君匋、陈学昭、徐肖冰、侯波等研究著作，已经出版二十多部著作了。回首往事，感慨万千，那些无私帮助、支持过我的前辈和朋友，常常在我前行过程中给我加油鼓劲，推动我前进。

我第一次知道茅盾是乌镇人，还是二十世纪六十年代读小学二三年级的时候，因为我的老家就在乌镇南郊农村。有一次，村上一个在乌镇读初中的叔叔，大我七八岁，我在他带回来的中学《文学》课本里，看到一篇茅盾的文章，记得是那篇有名的《第比利斯地下印刷所》，文章的下面有一个介绍作者的注释，提到茅盾是浙江桐乡县乌镇人。当时我觉得很亲切，原来乌镇还有一个叫茅盾的名人，茅盾这个名字从此深深地印在了我的脑海里。

“文革”以后，我在师范的老师常常来信鼓励我们去读文学名著，同时也鼓励我们写文章，希望我们通过写文章去进一步读书。当时我们读书写作的愿望十分强烈，所以我在读了茅盾的农村三部曲以后，写了一篇《春蚕时节读〈春蚕〉》的文章，发表在母校的校刊上。后来我又写了一篇《茅盾的母亲》，发表在1981年3月8日的上海《文汇报》“笔会”上。从此，我的业余时间里，茅盾研究成为重要内容。

当时茅盾的北京通讯地址很少有人知道，桐乡的同志要与茅盾联系，通常是将信寄到全国政协或者中国作家协会转交的。当时我给茅盾写信，就是通过作家协会转过去的，茅盾的儿子韦韬给我回的信。从此，我和韦韬有了联系。通信不久，即1981年3月27日，茅盾在北京逝世。

茅盾去世以后，举国上下都在悼念这位文学巨匠的去世，很多报刊都发表了纪念文章。茅盾的学术研究，也随之蓬勃开展起来。在这个氛围下，我的业余研究正当其时。我利用一切机会，进行茅盾研究，并积极创作。当时桐乡县还没有正儿八经的图书馆，县文化馆下面有一个“图书馆”，我去看茅盾的书，但是找了半天，十卷本的《茅盾文集》，还缺了第三卷。于是，我在八十年代，不断地到处买书，看到有关茅盾的图书，我就直接向这些图书的作者写信购买。茅盾研究专家孙中田老师，就是我看到他的《论茅盾的生活与创作》一书以后，直接给他写信认识的。后来，叶子铭先生、邵伯周先生、庄钟庆先生、丁尔纲先生、吴奔星先生等等，都是通过这种方式，纷纷给我寄书写信，给我帮助和指导。当时，读书几乎是我们这一代人业余生活的全部追求和共同目标。我曾经想报考现代文学研究生，并且把想法告诉了邵伯周先生，邵老师很高兴，很快给我开出一大张书单，让我有系统地读书。上海同济大学的钱青老师是二十年代就与茅盾熟悉的前辈，也是日语专家，她也是桐乡人，因为研究茅盾的缘故，我常常向她请教。新疆大学研究现代文学的陆维天老师编了一部《茅盾在新疆》，我在浙江买不到，就写信给陆老师，陆老师也没有多余的书，便把自己已经盖章留用的一本书寄给我。著名的诗人、现代文学作家吴奔星先生二十世纪五十年代在泥土社出版过《茅盾小说讲话》，后来这成为他的一个罪状之一。粉碎“四人帮”以后，他还在徐州师范学院工作，我给他写信，告诉他，我看不到他的那本书，吴先生很快给我来信，告诉我这本书即将由四川文艺出版社再版，一旦出版，会立刻给我寄过来，让我万分感动。九十年代吴先生还为我的书写过序言，给我很多鼓励。长期生活在湖州的文史学者徐重庆先生一直关心支持我的研究，常常无私提供相关材料，为我学习研究提供方便。

二十世纪八十年代，我在业余时间坚持茅盾研究和现代文学的学习，也得到当时县委领导的支持和鼓励。县委书记知道我在报纸上发表研究茅盾的文章，非常支持。当时，县委领导对我们这些县级机关的年轻人非常重视，送我们进党校学习，之后又给我压担子，让我担任县委宣传部和县文化局的领导工作。后来，我调省电视台工作，离开桐乡的时候，关心支持我写作的老县委书记因病在上海医院治疗，依然关心我的工作和学习，所以我特地到上海医院里向他告别。不久，这位老领导就永远离开了我们。但是他的鼓励，我永远不会忘记！

我每一次职务发生变化，韦韬先生总是来信提醒我，不要丢了自己的爱好。东北师范大学的张立国老师在我们相识的二十多年时间里，始终像大哥一样地关心我、指点我，让我感到特别温暖。让人扼腕的是，张立国老师英年早逝，茅盾研究界失去了一位实力派学者，我也失去了一位良师益友！

1986 年，我的第一本小册子《茅盾少年时代作文赏析》由文心出版社出版。这部小册子的出版，同样也是前辈对我的鼓励和帮助的结果。1984 年，第二届全国茅盾研究学术讨论会在杭州召开，郑州大学刘济献教授也来参加会议，他问我最近在写什么，我告诉他正在写一本茅盾少年时代作文赏析的书，他马上表示，可以推荐给河南文心出版社出版。后来他还为这本小册子写了序言，给以热情鼓励。不久这本小册子顺利地出版了。责任编辑王素英老师退休以后，我们依然保持联系。

我在研究茅盾的同时也从高校和出版社的这些老师身上学到了做人做事的道理，收获是多方面的。1991年，我利用地利之便撰写茅盾与故乡有关的一本书——《茅盾与故乡》，由四川文艺出版社出版。当时，我与责任编辑段百龄老师素昧平生，但是稿子送给她以后，她认真负责地将稿子重新梳理，让我长长短短的一堆稿子变成富有条理的一部书稿，出版以后为研究界所肯定。1993年，我的《人间茅盾——茅盾和他同时代人》一书由河南文艺出版社出版，责任编辑是杜天俊老师，书出版了，我们的友谊也建立了，至今我们还常常相互问候关心。1996年，是茅盾诞生100周年，我利用多年的积累，认真撰写了《茅盾传》，人民出版社是我非常向往的出版社，但是我并不熟悉，于是我冒昧给吴道弘先生写信联系，吴老师很快给我回信，表示可以在他们那里出版，并让富有编辑经验的邓仁娥老师担任责任编辑，后来这部传记得到读书界和韦韬先生的充分肯定。

写到这里，我深深地怀念茅盾先生的儿子韦韬先生，他几十年如一日地关心支持我的茅盾研究，我永远无法忘怀！在与他几十年的交往中，他对我的无私和认真，不是一篇文章所能够写完的。他对我提出的问题和请教，有问必答，我现在收藏的他给我的一百多封信，就是明证。1982 年夏天，我在乌镇寻访有关茅盾史料，包括去派出所翻档案，寻找茅盾家世的资料，去乌镇农村寻找茅盾母亲的墓地，每一点收获，韦韬都为我高兴，有时他还提供茅盾亲戚家的通讯地址，让我去联系了解。因此我在几十年间，和茅盾的一些亲戚家一直保持着联系，了解茅盾故家的历史往事，在天津、上海、杭州，不断收获到有关的史料，让我在茅盾研究中不断积累。后来，韦韬还亲自给我审阅多部茅盾研究的书稿，每次审阅，往往在史料的准确性上提供他作为见证人的客观意见，所以至今，我依然保存着韦韬先生亲自审阅过的稿子，稿子上有韦韬留下的笔迹，体现了他的心血。2010 年，我的《茅盾评传》写好以后，打电话告诉他，这部书已经写好，想寄给他看看，我知道他已经是快九十岁的人了，我们麻烦他的事情太多了，现在又想让他读三十万字的书稿，真有些不忍心！他在电话里说，这次，眼睛看不清楚了，书稿就不看了，表示很高兴听到这个消息，并且希望早日出版。

2011年春天，韦韬先生最后一次回故乡，我专门去看他，他说，这次回故乡，一是看看自己捐献的父亲茅盾的文物是否安好，他看了以后非常满意，对我们说，故乡对茅盾文物的重视，让他非常放心。二是想和我聊聊《茅盾全集》出版的事情，他告诉我，《茅盾全集》有出版社愿意再版，他已经在人民文学出版社版本的基础上，进行重新整理、编排，但是在出版编辑过程中，估计还有许多事情，他想让我参与《茅盾全集》出版的把关和审定。他说自己年纪大了，有些事情忘得快，怕耽误全集的工作。他知道我现在还在上班，工作又忙，所以想征求我的意见，问我能不能帮助他对全集把关。我立即答应下来。因为他几十年对我的茅盾研究的无私支持和帮助，关心和关怀，现在我有机会为他做点事情，是我的幸运，也是他老人家对我的肯定！在此后的两年多时间里，我和韦韬平均每个月都要通几个电话，告诉他全集的事情，包括新发现了文章，发现了茅盾的信，全集编辑过程中的修改，我都及时和韦韬先生联系和沟通，所以在全集编辑过程中，他非常放心，在他去年病重期间，他还让人告诉我，不要催出版社，他是非常放心的。现在，韦韬已经离开了我们，42 卷《茅盾全集》在今年即将全部推出，可以告慰韦韬的在天之灵了！

茅盾是二十世纪时代风云的见证人，因此研究茅盾，自然要对党史、现代史认真研究，与茅盾有关的人和事，也要认真研究。只有这样，才能立体地、历史地认识茅盾、了解茅盾。因此我在茅盾研究的路上不断拓宽自己的研究范围。1983 年 3 月在北京召开的首届全国茅盾研究学术讨论会上，我和东北师范大学张立国先生商定，一起收集资料研究茅盾的胞弟沈泽民，并得到韦韬的支持。韦韬听说我们要研究沈泽民，告诉了我们一个茅盾的愿望，他说，父亲生前曾经收集过沈泽民的文章，准备为弟弟沈泽民出版一部作品集，但是没有能够实现这个愿望。所以他非常支持我们。会议以后，他还向我们提供了茅盾生前曾经收集过的沈泽民的一些材料，供我们使用。后来，我和张立国先生一南一北开始收集沈泽民的有关文章和史料，计划为沈泽民编辑一部作品集，写一部沈泽民传记。可惜十多年以后，我们编辑的沈泽民作品集由浙江文艺出版社出版时，张立国先生已在弥留之际，我将新出版的《沈泽民文集》送到他跟前时，已经不能说话的立国先生流下了眼泪。我为了当初的承诺，继续收集沈泽民的史料，经过几年的努力，一部25万字的《沈泽民传》终于在2003年12月由中央文献出版社出版。

陈学昭是茅盾同时代的著名女作家，她年轻时与茅盾一家十分熟悉，甚至住在茅盾家里。后来陈学昭去法国留学，沈泽民夫妇在苏联莫斯科中山大学学习。其间，沈泽民夫妇给国内的茅盾写信，就是通过在法国的陈学昭转寄的，因此在二十世纪的八十年代，我给陈学昭先生写信求教，了解茅盾和沈泽民兄弟当年的情况，陈学昭十分热心，有求必应，给我写了不少回信，回答了我的问题。同时，也为我研究陈学昭不经意间提供了有利条件，陈学昭1991年去世以后，我更加注意收集她的相关史料，经过几年的努力，我写了《天涯归客——陈学昭》的传记。

茅盾的女儿沈霞1945年8月20日在延安不幸去世，是茅盾永远无法平复的痛！对茅盾夫妇的生活产生了巨大的影响，茅盾因此不再写剧本。沈霞给父亲茅盾的信中有一句话，茅盾在女儿生前忽略了，女儿去世后茅盾重新发现了这句话，无法释怀的茅盾写了《生活之一页》，回答女儿生前之问。孔德沚因此常常魂不守舍，总觉得沈霞的去世是误传，总是希望有一天沈霞会出现在她面前，这种恍惚，让从来没有写过文章的她写了一篇怀念女儿的文章，字里行间，痛彻心肺！但是，不少研究者都只知道茅盾有个女儿在延安去世了，情况却鲜为人知。所以我在二十世纪九十年代开始收集沈霞的有关史料，向沈霞的同学了解当年沈霞在延安中国女子大学和延安大学的学习情况。摄影家侯波同志是沈霞女子大学的同学，她不仅向我提供了女子大学的回忆录文集，还给我回信，回答我请教的问题，让我了解了许多当时延安女子大学的情况。上海培明中学是当年沈霞读过书的学校，校史办同志专门来信，回答我提出的问题。韦韬给了我许多沈霞在延安的日记原件，以及沈霞的照片，沈霞在上海读中学时的作文原件，这些材料让我厘清了沈霞的学习和生活经历，为我后来写《茅盾和他的女儿》创造了条件。

我因此感到，在茅盾研究的路上，时间越来越久，路子也越来越宽。几十年来，我的工作岗位几经变化，我除了完成工作职责，认真履职之外，业余时间几乎都在不断的读书和写作中度过，而家里的事务全部由我爱人承担，她为我的所谓事业贡献了全部心血。

虽然我在茅盾研究的路上已经走了几十年，出版了近二十部茅盾研究的著作，但我还会一如既往继续往前走，因为茅盾研究是一个充满希望的领域，是一个博大精深的课题，前辈们的研究已经给我们创造了条件打下了基础。所以，我没有理由在茅盾研究的路上停滞不前。我只有加倍努力，才能告慰茅盾和韦韬先生的在天之灵，才能回报那些一直支持我的师友！

（2014 年）

因茅盾研究而结缘

作为作者，常常能感受到出版社同志的温暖和友谊。这种温暖和友谊，是精神层面的。我在与人民出版社同志交往的过程中，他们所留下的温暖和友谊格外深刻。

我的第一本书《茅盾少年时代作文赏析》在1986年出版，后来又陆续出版了《茅盾与故乡》《茅盾和他同时代人》《茅盾的青少年时代》等书，在茅盾研究方面渐渐有了一些成绩。到九十年代初，在一定的积累和研究基础上，我开始尝试撰写《茅盾传》，以了结我很早就立下的为这位同乡文学家写一部传记的心愿。1995年，二十多万字的《茅盾传》杀青。但是，这部书放哪里出版呢？我想到八十年代曾有一面之缘的人民出版社的吴道弘先生。然而自从上次见面至今好几年了，中间我们也没有联系过，更不敢提出版的事，因为出版社出版图书是要承担经济效益风险的。我犹豫了很长一段时间，后来终于鼓起勇气，将《茅盾传》书稿寄给吴道弘先生。当时，我做好了被退稿的思想准备。人民出版社是中国出版界的高地，是出版党和国家领导人文集、顶尖学人著作、国际学术经典的地方，我一个业余作者的书稿能行吗？正当我忐忑不安地等待回音时，吴道弘先生给我打来电话，告诉我收到书稿了，并决定出版。这让我感到高兴，一方面自己的研究成果能为出版社认可，另一方面能在人民出版社出版，这是我一直向往和期盼的，接到电话时感到一股融融的暖意。

不久，责任编辑邓仁娥同志及时联系上我，在她认真负责的努力下，1996 年 7 月，这部《茅盾传》以完备的内容和淡雅的形式与世人见面。说它完备，一是较实事求是地写了茅盾在日本时的感情经历，不回避，不为尊者讳。我根据掌握的史料进行判断分析，实事求是地描写了茅盾在日本与秦德君女士之间感情的起因发展和结束过程，同时也不夸大渲染；二是相对完整地记叙了茅盾在新中国成立以后直至逝世的那段历史。以往的茅盾传记，重点大都在新中国成立前，对新中国成立后那段对茅盾来说同样十分重要的经历，记叙得比较简单，造成对茅盾一生的叙述前详后略。这部《茅盾传》，除了1949年之前浓墨重彩外，还特别关注1949年之后茅盾的生平往事，从某种意义上弥补了以往茅盾传记的缺憾。对这部《茅盾传》，韦韬曾给予充分肯定。认为是“用力最勤，也是受到人们较多关注的文本”。出版编辑过程中，我从邓仁娥同志认真负责、一丝不苟的工作作风中，体会到国家级出版社的精神和风格。

进入新世纪之后，韦韬得知我在搜集茅盾女儿沈霞的史料时，告诉我他家里保存着姐姐的几册中学时代的作文本以及延安工作学习时的日记本，还有不少他姐姐的照片。这个消息让我喜出望外。不久，他用特快专递给我寄来一包沈霞留下来的珍贵的作文本、日记本和几十帧沈霞从小到大的照片。这些包括沈霞和她丈夫萧逸在延安时的照片，从来没有公布过，非常珍贵。

从这些资料中可以看出，沈霞是个聪明绝顶的优秀女孩。她从小就在家庭的熏陶下追求进步，小学、中学阶段的学习成绩一直名列前茅，尤其是文学写作水平非常高，每篇作文本上都留有老师鼓励激赏的评语。如一篇《值得纪念的一件事》中，老师给予“理直气壮，大有怒发冲冠之势，民气如此，何患强梁”的高度肯定。在一篇《回想昨天》的作文中，受到老师“说理叙事，都能头头是道，令人见到学有根底”的激赏。在《马路上一瞥》的作文中，老师批道：“文中有画，阅者亦几疑置身其中矣。”我看到沈霞这些作文及老师评语时，不禁想起在桐乡发现的茅盾小时候的作文，如出一辙，活脱脱就是茅盾小时候的作文翻版！难怪孔德沚当年曾赞许地对茅盾说，女儿遗传了父亲的文学天才。茅盾晚年孤独一人时，常常在书房里朗读女儿少年时代的这些作文。看到这些作文原件，突然想到，我恐怕是第一个读沈霞作文的茅盾研究者，所以，读着这些文采斐然的作文，感慨万千。

后来我才知道，我看到的沈霞的作文本是茅盾一直带在身边的。沈霞的日记和不少照片，在 1945 年 8 月 20 日沈霞去世后，由其爱人萧逸一直带在身边，在参加解放战争的岁月里，萧逸都带着妻子的这些日记行军工作的。1949 年解放太原时，身为新华社战地记者的萧逸在阵地上向敌人宣传政策而被国民党的子弹击中，倒在解放太原的阵地上。后来，萧逸的战友张帆等同志清理萧逸遗物，将沈霞日记和萧逸的日记、照片等遗物托邓拓同志带到北京，交给茅盾。当我小心翼翼地阅读这些笔迹已褪色的日记时，一种对前辈先烈的敬意油然而生。

怀着这种崇敬，我利用业余时间撰写《茅盾和他的女儿》一书。2005 年写出初稿后，我又去信给人民出版社的邓仁娥同志，问能否列入计划出版。十年前，邓仁娥责编《茅盾传》出版，虽然以后我们并不常联系，但她依然十分真诚，让我将稿子寄过去。不久，她来信告诉我社里决定出版。这次出版，同样合作得十分愉快，文字编辑曹力红同志和装帧设计曹春同志都很用心，书中用了大量从未面世过的沈霞的珍贵照片，包括瞿秋白同志当年到商务印书馆的幼稚园接沈霞放学回家的照片，沈霞童年时代、少女时代在上海的照片，在香港、新疆以及后来在延安的照片。这些珍贵照片的使用，为这部书增色不少。2007 年 8 月，这部书由人民出版社旗下的东方出版社出版后，受到读者欢迎，不少媒体主动摘发其中的章节，宣传茅盾家里这位湮没在历史尘埃里的优秀女儿。韦韬也专门来信肯定这部书的出版。而我与人民出版社的缘分也因此得到进一步加深。

在中华人民共和国成立60周年到来之际，我的《悠悠岁月——茅盾与共和国领袖交往实录》继续由人民出版社出版。2008 年的一天，我与人民出版社副总编张小平先生聊天，很自然地聊到出版，聊到图书，我说有机会给一部书稿在人民出版社出版，张小平先生立即说："好啊，好啊！"过了一段时间，我给张总打电话，说书稿写好了。他问什么内容，我说一部反映茅盾与毛泽东、周恩来等领袖交往的纪实性书稿。他说，好啊，寄来吧。

这部书稿，是我在深入研究茅盾过程中逐渐积累起来的。二十世纪九十年代初，我曾出版过一部记述茅盾与同时代文化人友谊的专著，书名叫《人间茅盾——茅盾和他同时代人》。近年阅读茅盾早年文稿时，发现茅盾与毛泽东、周恩来、朱德、董必武、陈云等等交往的故事不少，而且随着第一代领导人的文稿、年谱等研究成果的问世，为我进一步研究认识茅盾丰富传奇的经历，提供了可靠的资料。在这些史料里，我看到了老一辈革命家与茅盾为了共同的理想信念而产生的真诚友谊，这些历史往事，常常让我感动。当年茅盾和董必武结伴一起从延安到重庆，走到半路上，中央通知董必武不必去重庆了，另有任务让董必武去担当。董必武抱歉地告诉茅盾，自己另有任务不能与茅盾一起到重庆，但是仍让自己的车队送茅盾去重庆，并且关照司机要安全送茅盾夫妇到达，路上要照顾好茅盾夫妇。晚年的董必武在“文革”的媒体上看不到茅盾的名字，心中无比牵挂，自己已经无法走动，就让女儿去打听茅盾的近况；粉碎“四人帮”后，陈云同志在中央的某次会议上谈到抢救党史资料时，说过一段让茅盾感到十分温暖的话，会后，陈云让胡乔木专门去请茅盾写回忆录，一个“请”字，让茅盾信心倍增。

在编校过程中，我和张小平兄、责编张伟珍、美编肖辉多次通过邮件、电话联系。责编张伟珍同志在编辑过程中，编辑能解决的，她就解决了，需要作者解决定夺的，及时与我联系，让我定夺。作者与编辑之间配合默契，虽然时间已经过去好几年，今天回忆起来，依然让我感动。肖辉是一位资深美编，她看了书稿后设计了好几幅封面，电子版发到我的邮箱里让我选择，其实我对美术是外行，只是凭直觉说了点想法，肖辉立刻很认真地又作了修改。我与张总一起选择了其中一幅。后来印出来的效果果然不错，有时代气息和历史感，也有淡淡的书卷气，让人看了还想看。

因茅盾研究而结缘人民出版社令人可敬的领导和编辑，让我感到三生有幸。相信在以后的岁月里，有机会沟通或见面时，仍会从心底里漾起一股暖意。他们的敬业与负责，真诚与友善，让我永铭心间。

（2015 年）

后　记

2016年是茅盾诞辰120周年，这本书是在黄山书社朋友的鼓励和努力下编成的。

书中的文章，除其中一两篇是从未结集的旧稿外，大多是近三五年来阅读研究茅盾作品的最新研究成果。现在结集出版，可以从中看出我对茅盾研究的兴趣和走向。作为研究茅盾几十年的业余研究者，出版了大大小小近二十部有关茅盾的书，还主编了黄山书社出版的四十二卷本《茅盾全集》。但是随着时间的推移，研究的深入，越来越感觉到茅盾以及茅盾文学是一个富矿，还有许许多多的未知值得我们去探究，比如茅盾创作的年代是在民国时代，那么茅盾与那个时代的社会关系、人事交往，我们还研究得不深不透，一些档案还在深阁，相信随着时间的逝去，档案的不断开放和披露，茅盾创作的一些真相就会逐渐明了，茅盾的形象更加伟大，创作的经验更加珍贵，读者阅读茅盾的作品就会更加趣味盎然。这本书中的大部分文章，就是我在朝这个方向努力探索的一些成果，如茅盾与上海作家交往，可以看出一代文学巨匠茅盾的为人和人格，这让我在写茅盾与巴金夫妇的交往，写茅盾提携茹志鹃等文章中感受十分强烈。茅盾评论茹志鹃时，根本不认识当时的编辑茹志鹃，但是肩负共和国文学大业繁荣职责和情怀的茅盾多次激赏茹志鹃的作品，这样风清气正的评论作风，不正是当下学界所需要的吗？还有，茅盾的创作与居住地的关系，也是一个内容丰富的话题，纵观茅盾创作的居住地，首先是上海而不是出生地乌镇，其次是桂林和香港。茅盾的扛鼎之作和成名之作，都是在上海创作的，如《蚀》《子夜》《春蚕》《林家铺子》等等，但被评论界誉为有《红楼梦》气息和中国气派的《霜叶红似二月花》恰恰是在逃难途中的桂林创作的。而且是在一个被柳亚子大叫转不过身来的几平方米的放油盐酱醋的厨房里创作的。但是就在这样的环境里，茅盾创作出如此精彩的长篇小说，同样值得我们深思。《茅盾在桂林》，就是这方面的探索和介绍。还有，在居无定所而且被国民党政府通缉、亡命异国他乡的环境里，茅盾却创作了长篇小说《虹》以及一批优秀散文，《茅盾在日本的遭遇和创作》就是对茅盾流亡日本时文学创作的一个探索。

收入这部书的文章共分四辑，每一辑有一个侧重，目的是便于读者了解。这些文章的共同特点是，每篇文章都有鲜为人知的史料作支撑，相信读者阅读起来不会感到枯燥乏味。至于后面收入回顾自己茅盾研究历程的文章，原都是应一些刊物的约稿而作，因为与茅盾有关，所以也收在这里，一并说明。本书茅盾图片的使用，得到茅盾后人的授权，在此感谢他们一如既往的支持。最后，还要感谢黄山书社的朋友们，正是因为他们的辛苦和努力，才能使这些文章以集中、整齐的面目出现在读者面前。所以我在感谢每个读到这部书的读者的同时，也要真诚地感谢黄山书社的朋友！

2016 年 6 月 10 日于杭州